Tableau de chasse

DU MÊME AUTEUR

AUX ÉDITIONS PLON
Hit-Parade, 2007.
Près du corps, 2005.
Daisy, printemps 69, 1998.

AUX ÉDITIONS ARLÉA
Écume Palace, 2000.
15 août, 2002.

AUX ÉDITIONS GALLIMARD
Tous comptes faits, entretiens avec Pierre Moinot, 1997 (en collaboration avec Frédéric Badré).
Mauvais genre, entretiens avec François Nourissier, Folio, 1996 (en collaboration avec Frédéric Badré).

Arnaud Guillon

Tableau de chasse

Éditions Héloïse d'Ormesson

Roman Novembre 2015

© 2015, Éditions Héloïse d'Ormesson

www.editions-heloisedormesson.com

ISBN 978-2-35087-296-4

Pour Lulu

Allons, dites-moi ce que vous avez contre la passion ?
Quels malheurs vous a-t-elle valus ? Ou devrais-je
vous demander quels bonheurs ?

Philip Roth
Professeur de désir

MANON AVAIT BAISSÉ SA VITRE et le coude appuyé à la portière elle contemplait la mer. Les yeux plissés sous l'effet du soleil, elle tentait d'apercevoir les îles à l'horizon en respirant l'odeur d'iode qui montait de la plage.

– Quel temps merveilleux, dit Vincent. Nous avons de la chance.

Il avait ralenti quand le ruban bleu de la Manche était apparu après le dernier virage, et maintenant il longeait tout doucement la promenade pour que Manon profite du spectacle.

– Tu es contente?

Manon s'est retournée et l'a dévisagé sans répondre, puis à nouveau elle a regardé vers le rivage.

Hier soir elle pensait renoncer à ce voyage pour rester seule quelques jours, loin de Vincent, et réfléchir à ce qu'ils allaient devenir. Mais ce matin – et même si elle risquait de le regretter –, la fatigue, la moiteur de l'air et les nuages au-dessus de Paris l'avaient décidée à faire son sac et à partir.

«Dormir et s'aérer», songea-t-elle alors comme si elle se fixait un but pour le week-end.

Arrivé au bout de la promenade Vincent a contourné le rond-point orné d'un drapeau normand avant de s'engager, à une centaine de mètres de là, sur un chemin ombragé qu'embaumait la résine de pin.

— Nous y sommes, annonça-t-il en se garant devant la Villa Dalila.

CLAIRE A GLISSÉ LE SÉCATEUR dans la poche de son tablier et s'est approchée, un sourire aux lèvres.

– Regardez, dit-elle en montrant le bouquet de roses qu'elle tenait à la main, ce que je viens de cueillir pour vous.

Vincent a embrassé sa mère puis Claire a serré Manon dans ses bras.

– Comment vas-tu, ma belle ? Ravie de t'accueillir ici.

Malgré des invitations renouvelées, c'était la première fois que Manon venait à la villa, et elle observait avec curiosité la façade blanche de la maison et le jardin planté de pins, d'hortensias, de tamaris et de rosiers, dont les allées de gravier descendaient en pente douce de chaque côté de la pelouse et se rejoignaient devant une barrière qui accédait à la plage. Mais Manon, depuis l'endroit où elle se trouvait, ne pouvait voir le hangar blotti derrière une haie fraîchement taillée.

– Vous êtes là et on ne me prévient pas ! Qu'est-ce que c'est que cette maison ?

Jean, après avoir surgi par une des portes-fenêtres du salon, a donné une tape affectueuse à son fils et pressé contre lui sa fiancée.

– La route a été bonne ? Il n'y avait pas trop de monde ?

Le teint hâlé, Jean était chaussé de baskets et portait un pantalon de treillis et une chemise en lin qui soulignaient sa carrure d'athlète et laissaient entrevoir le baroudeur habitué à sauter d'un avion à l'autre pour aller tourner ses reportages aux quatre coins du monde.

– Depuis une heure, ton père faisait des allers et retours jusqu'au portail pour guetter votre arrivée! railla Claire comme si elle parlait d'un enfant ou d'un chien.

Le bonheur des retrouvailles transfigurait Jean, et tandis qu'il entraînait tout le monde vers la villa en embrassant Manon pour la seconde fois, ses yeux, où brillait une lueur de joie, paraissaient encore plus bleus.

Dans la maison flottait une odeur de poisson et de légumes. Vincent a déposé les bagages au pied de l'escalier et jeté un coup d'œil dans la cuisine.

– J'espère, dit-il à sa mère, que tu ne t'es pas compliqué la vie.

Claire s'était éclipsée et Manon inspectait le salon. Les fauteuils club, le vieux canapé Chesterfield, les bibelots, les photos alignées sur la cheminée, les lampes installées çà et là, et les objets rapportés de voyages, comme la peau de tigre à la gueule ouverte allongée sur les tommettes, ou la peinture brésilienne au dessin naïf accrochée entre deux portes-fenêtres: tout, ici, était élégant, et Manon songea que cette pièce sans ostentation ressemblait à l'appartement des Lavigne, rue Notre-Dame-des-Champs.

Claire, débarrassée de son tablier, apportait des olives et des biscuits salés.

– Un peu de champagne?

Jean a ouvert la bouteille de Pol Roger qu'il avait mise à refroidir dans un seau à glace et il a rempli les coupes posées sur un plateau. Installés en face de lui, Manon et Vincent apercevaient sur la terrasse la table du déjeuner dressée sous un parasol.

— Tu n'es pas raisonnable!

Manon, au moment de trinquer, venait de sortir de sa poche un paquet qu'elle tendait à Claire. D'un geste prompt celle-ci a arraché le papier de soie et admiré dans le creux de sa main un chat bleu aux yeux jaunes en émail monté en broche.

— C'est ravissant! s'exclama-t-elle en accrochant aussitôt le bijou à sa robe.

Claire se tenait devant le miroir du salon.

— Maintenant que j'en ai la garde, se demanda-t-elle, les yeux fixés sur la broche, comment vais-je appeler ce petit chat?

Revenue s'asseoir, elle a embrassé Manon.

— Je l'adore. Merci beaucoup, ma chérie.

— Et mes boucles d'oreilles? plaisanta Jean.

La bouteille de champagne était vide. Claire a profité de ce que Jean et Vincent finissaient leurs coupes pour emmener Manon à l'étage. Elle lui a montré au passage la salle de jeux de Vincent quand il était enfant, et arrivée au bout d'un couloir décoré de tissus africains elle a poussé la porte d'une chambre où flottait une odeur d'encaustique.

— J'espère que vous y serez bien, dit-elle en promenant son regard à travers la pièce.

En raison des tensions avec Vincent et du besoin d'isolement qu'elle éprouvait en ce moment, Manon, durant ce séjour, aurait préféré dormir seule. Cependant, elle était soulagée que le lit fût plus large que celui qu'ils partageaient à Paris. Elle a remarqué, dans un vase, sur la commode, les roses cueillies tout à l'heure, et en a voulu à Vincent d'avoir laissé sa mère monter seule leurs bagages.

— J'en suis sûre, répondit-elle après que Claire lui eut désigné la salle de bains où était affiché le poster d'une de ses photos prise aux Açores en 1984.

Les deux femmes étaient maintenant accoudées à la fenêtre ouverte sur le jardin, le ciel et la mer. Claire, souriante et douce, caressait du bout des doigts le poignet de Manon.

— Je suis heureuse de te voir dans cette maison, dit-elle. Je finissais par croire que tu ne viendrais jamais.

Depuis qu'elles se connaissaient, Claire manifestait à Manon une attention particulière, faite de petits gestes, de conseils et d'encouragements, et malgré leur différence d'âge, une amitié était née entre elles. Souvent, à Paris, elles se téléphonaient, déjeunaient ensemble ou se retrouvaient pour aller au cinéma ou à une exposition. Après avoir embarrassé Manon, l'habitude que Claire avait prise de l'appeler « ma belle » ou « ma chérie » pour lui dire son affection, aujourd'hui l'émouvait.

— Je ne sais pas pourquoi, j'avais peur que tu te décommandes à la dernière minute.

Une fois encore l'intuition de Claire étonnait Manon et lui donnait l'impression d'être transparente tant elle se sentait « lisible » face à la mère de Vincent.

— Eh non! dit-elle. Me voilà!

Le beau visage de Claire était tout près du sien et ses yeux gris, assortis à ses cheveux mi-longs, la scrutaient comme s'ils cherchaient sur son visage à elle l'origine de son pressentiment.

— Tant mieux! On va bien s'amuser!

Là-bas, l'éclat vert de la pelouse sous l'azur rendait le jardin féerique.

– Un peu de soleil te fera du bien. Et à Vincent aussi. Vous travaillez trop, mes enfants.

Claire a marqué un temps avant d'ajouter, comme si elle avait lu dans les pensées de Manon, tout à l'heure, dans la voiture:

– Sommeil et soleil, voilà ce qu'il te faut.

Était-elle sincère quand elle invoquait le travail pour expliquer la fatigue de Manon et de Vincent? Malgré leur discorde, parvenaient-ils à donner le change au point que même Claire – pourtant si perspicace – ne se doutait de rien? Manon avait du mal à le croire.

Elles ont quitté la fenêtre tandis que résonnaient sur la terrasse les rires de Jean et de Vincent.

– Allons déjeuner, ma belle. Tu dois mourir de faim.

— Jeannot, les mouettes ont pied !

L'image a fait sourire Manon, et Jean, aussitôt, a rempli les verres de saumur-champigny.

— Ta salade était exquise, dit Vincent.

— Excellente, approuva Manon.

Étonnée de ces compliments, Claire a levé les sourcils.

— Tant mieux, dit-elle. Mais ce n'est pas sorcier, vous savez. Des haricots verts frais, du vinaigre balsamique, un filet de citron, des pignons de pin, et le tour est joué !

— Vous oubliez le savoir-faire, objecta Manon qui malgré des demandes insistantes ne se décidait toujours pas à tutoyer Claire. Tout est dans le savoir-faire !

— Et dans l'expérience ! ajouta Jean avec un hochement de tête qu'il a renouvelé quand sa femme a rapporté de la cuisine du riz sauvage et un bar au fenouil.

— Mais dis-moi, s'exclama Vincent, tu as passé ta matinée sur les fourneaux !

— Tu connais ta mère, acquiesça Jean. Depuis qu'elle est levée, elle n'a pas arrêté.

16

Comme tous les matins, Claire s'était réveillée tôt et avait bu un café en se promenant dans le jardin. Après quoi elle était descendue sur la plage faire sa gymnastique et nager vingt minutes. À son retour, elle avait pris une douche et s'était habillée, puis elle avait commencé à préparer le déjeuner.

– Je voulais faire honneur à ta visite! dit-elle à Manon. J'espère seulement que ce bar est aussi bon que celui que tu nous avais fait. Tu te souviens?

Comment Manon aurait-elle oublié?

Elle venait de s'installer chez Vincent, rue de la Neva, et recevait ses parents pour la première fois. Durant plusieurs jours, elle n'avait cessé, dans la rue, au lit, à la galerie, dans le métro ou en voiture, d'élaborer des menus auxquels elle renonçait très vite tant ses idées lui paraissaient stupides ou ses talents insuffisants. Jusqu'au matin où elle se rappela avoir entendu dans une émission culinaire, à la radio, que le bar était un poisson facile à cuisiner. Le surlendemain elle traversa Paris pour aller s'approvisionner rue du Bac, dans cette poissonnerie dont une de ses amies lui parlait souvent, et elle profita d'être à deux pas de la rue de Grenelle pour acheter les fromages chez Barthélemy.

Revenue à l'appartement, Manon s'enferma dans la cuisine avec le bar et l'unique livre de recettes qu'elle avait apporté avec elle. Elle n'avait pas le droit à l'erreur, et sentant monter son angoisse à mesure que l'heure du dîner approchait, plusieurs fois elle alla vérifier sur Internet qu'elle ne faisait pas de bêtises.

Vincent finissait de se préparer dans la salle de bains et ses parents allaient arriver, lorsqu'elle courut à la boulangerie où elle avait oublié le pain commandé la veille…

– Moi, en tout cas, répondit Jean à l'adresse de Manon et sans crainte de vexer sa femme, ton bar, je m'en souviens, car c'est l'un des meilleurs que j'aie jamais mangés!

La gentillesse de Claire et de Jean, ce soir-là, émut Manon qui trouva auprès d'eux la famille qui lui manquait depuis que sa mère et son frère vivaient au loin. De leur côté, les parents de Vincent – qui n'appréciaient guère la précédente fiancée de leur fils – ne tardèrent pas à adopter Manon et à la considérer comme leur propre fille.

Un silence que troublaient seulement le tintement des couverts ou le chant d'un oiseau accompagnait la dégustation du bar.

– Comment va Odile? demanda Jean.

– Très bien. Je l'ai eue au téléphone avant-hier. Elle profite de l'été dans sa nouvelle maison et semble ravie.

– Il doit faire chaud en ce moment dans le Roussillon, releva Claire.

– Odile a une piscine dans son jardin et la Méditerranée au bout de sa rue, répondit Vincent, comme si ces deux éléments étaient de nature à faire baisser la température dans le Midi de la France.

Claire et Jean demandaient souvent à Manon des nouvelles de sa mère. Elle et Vincent les avaient fait se rencontrer il y a un an, et ils s'étaient amusés de voir leurs parents se découvrir des affinités et rire ensemble comme de vieux amis. Mais aujourd'hui, quand Manon y repensait, cette soirée pleine de gaieté dans l'immense salle de La Coupole lui semblait à des années-lumière et la renvoyait à l'époque où elle pensait faire sa vie avec Vincent et où elle était sur un nuage parce qu'elle se croyait enceinte…

Séjournant à Paris au printemps, sa mère avait assisté au vernissage de la dernière exposition de Claire.

— Maman m'a répété combien elle s'est attachée au tirage que vous lui avez offert.

Claire esquissait un sourire.

— Moi aussi, dit-elle, j'aime cette photo et je suis heureuse qu'Odile ait auprès d'elle le regard si doux de cet homme que j'avais surpris en train de vendre des violettes à la porte d'une église, dans un village perdu de la Lozère.

Bientôt le silence est retombé jusqu'à ce que les assiettes soient vides.

— Je me souviendrai de ce bar! déclara Manon sous les rires avant de se lever pour aider à desservir.

— Je ne me lasse pas de cette vue!

Manon avait détourné son regard des mouettes qui survolaient la pelouse et, ressentant dans tout son corps la pureté de l'air et la beauté du lieu, elle contemplait la mer avec l'assurance d'avoir eu raison de quitter Paris.

— Nous non plus! répondit Claire en admirant à son tour la Manche qui prenait une couleur de mer du Sud. N'est-ce pas, Jeannot?

Occupé à déboucher une autre bouteille de saumur-champigny, son mari a levé les yeux sur le jardin.

— Cette vue est la même depuis mon enfance, dit-il. Quand je suis ici, le temps est aboli, et j'ai dix, trente ou cinquante ans.

La maison était dans la famille depuis trois générations et malgré le développement du tourisme et la spéculation immobilière, les alentours, par miracle, étaient restés intacts.

– Bien sûr, reprit Jean, les arbres ont poussé et l'ensemble a subi quelques modifications. Mais mon grand-père, s'il revenait, les remarquerait-il? Je n'en suis pas sûr.

Cette réalité d'un espace inchangé malgré les ans faisait naître sur son visage un sourire victorieux.

– C'est pareil pour moi, affirma Vincent. J'apprenais encore à faire du vélo sur cette terrasse il y a dix minutes…

Manon se rappela les photos trouvées dans une boîte à chaussures, rue de la Neva, du petit garçon aux yeux bleus et aux cheveux noirs juché sur une bicyclette.

Puis elle écouta Claire vanter la villa dont l'orientation permettait, aux beaux jours, de profiter du soleil toute la journée.

– À Noël aussi, quand le vent souffle dehors et que le feu crépite dans la cheminée, cette maison est agréable.

Brusquement les sapins d'autrefois clignotaient devant les yeux de Claire et elle a laissé ses mots en suspens.

Jusqu'au jour de l'An il n'y avait jamais personne dans les parages. Enfermés dans leur refuge où résonnait la musique de Bach ou de Philip Glass, les Lavigne se croyaient seuls au monde. Ils se reposaient. Ils lisaient. Ils jouaient aux cartes. Ils bavardaient. Ou bien ils ouvraient la porte et descendaient se promener sur la plage avant de revenir, transis mais heureux, prendre le thé et manger des gâteaux devant l'âtre.

Le souvenir de ces bonheurs simples – et la pensée de sa jeunesse enfuie – rendait Jean mélancolique.

«C'est loin tout ça, si loin», songea-t-il en dévisageant son fils comme s'il espérait retrouver, derrière l'homme assis de l'autre côté de la table, l'enfant dont il aimait partager les jeux.

Vincent avait reculé sa chaise et considérait le ciel bleu au-dessus du parasol.

– C'est comme ça depuis un mois, annonça Jean. À croire qu'il fera beau pour l'éternité...

– Et la mer est délicieuse, enchaîna Claire. Surtout en fin d'après-midi quand elle remonte sur le sable chaud.

– J'ai hâte d'aller m'y tremper, répondit Manon entre deux cuillerées de mousse au chocolat.

À nouveau à l'ombre, Vincent paraissait encore plus pâle qu'au début du déjeuner.

– Comment ça va, à l'agence?

– On travaille comme des dingues.

– Toujours pour ce projet d'hôpital en Belgique? demanda Jean qui suivait de près la carrière d'architecte de son fils.

– Oui. Le dossier doit être bouclé début septembre et on le présentera en octobre. Il n'y a plus une minute à perdre. Surtout que l'agence ferme quinze jours en août.

– J'espère, dit Claire en regardant l'un après l'autre les visages fatigués de Manon et Vincent, que vous allez en profiter pour prendre des vacances.

– Nous partons dans trois semaines pour les Éoliennes.

Ce séjour en Sicile avait été l'objet de longues discussions entre Vincent, épuisé après une année intense, et Manon, consciente que c'était la dernière chance de sauver leur couple. Depuis, la situation entre eux s'était encore dégradée, et alors que l'espoir qu'ils se retrouvent semblait s'éloigner de jour en jour, la perspective de ce voyage angoissait Manon autant qu'elle l'ennuyait.

– Ah, les Éoliennes...

Claire, d'un air rêveur, s'était tournée vers son mari.

– Tu te souviens, Jeannot, des Éoliennes? Tu te souviens comme nous avons été heureux, là-bas?

Jadis ils s'y étaient rendus trois années de suite et Claire se rappelait comme si c'était hier les villages à flanc de colline, les ruelles dévalées main dans la main, la Lancia sur les routes défoncées, les maisons blanches au bord de l'eau, les pique-niques sur la plage, la crique où ils faisaient l'amour à l'abri d'un à-pic rocheux, la fraîcheur des églises à l'heure de la sieste, les dîners aux terrasses des restaurants, et les nuits passées à boire et à danser jusqu'au lever du jour...

– Sauf la dernière fois, répliqua Jean, quand à Salina les Boldani nous sont tombés dessus et ne voulaient plus nous lâcher!

– Tu exagères. Nous n'avons passé qu'un week-end avec eux.

– Parce que nous les avons semés sur un marché! Sinon, nous les aurions eus sur le dos jusqu'à la fin des vacances!

– De qui parlez-vous? demanda Vincent.

– D'un type que j'avais connu lors d'un reportage en Asie et de sa femme. Comment s'appelait-elle, déjà, cette imbécile?

– Avventura.

– C'est ça! aboya Jean. Avventura! Avventura Boldani!

– Ça sonne bien! plaisanta Vincent.

– Cheveux décolorés, bijoux clinquants, robe moulante et talons hauts! Si tu avais vu l'engin!

– Ça y est, coupa Claire d'un air faussement ennuyé, c'est parti!...

– Une connerie par phrase! Elle tenait la cadence, Avventura ou l'alliance parfaite de la sottise et de la vulgarité!

Manon, devant les moqueries de Jean, était prise d'un fou rire irrépressible.

— Tu te souviens de sa colère, dans la voiture, quand je lui ai demandé de me dire son vrai prénom?

Claire hochait la tête.

— J'ai cru qu'elle allait t'étrangler!

— Je te parie qu'elle s'appelait Ginetta jusqu'au jour où elle a vu le film d'Antonioni!

Manon a pouffé.

— Et Dino Boldani! Un mètre douze, les bras levés! «Nabot-le-Dani», comme nous le surnommions!

— Comme TU le surnommais! corrigea Claire qui riait avec Manon et Vincent.

— Borsalino, moustache noire et mocassins blancs, il ressemblait à un maquereau de poche et suivait cette emmerdeuse sans moufter! Un vrai toutou! Dino-le-Clebs!

— Que sont-ils devenus, Dino et Avventura? demanda Manon après que Jean eut épuisé ses sarcasmes.

— Je ne sais pas et je ne veux pas le savoir! Qu'ils ne recroisent jamais mon chemin, ces deux-là!

Assise dans un transat, Manon buvait son café à petites gorgées.

— Ça te dirait de jouer au tennis, demain après-midi?

Elle a souri à Jean debout devant elle.

— Avec plaisir. Si vous me prêtez une raquette et Claire une jupe. Pour ce qui est des baskets, a-t-elle ajouté en montrant ses pieds, j'ai ce qu'il me faut.

— Parfait. Je vais réserver un court.

— J'espère que vous serez indulgent. Je n'ai pas joué depuis des semaines…

— Tu m'avais déjà dit ça la dernière fois!

Et pourtant, Jean, malgré la puissance de son service et la finesse de son jeu, avait essuyé une défaite.

– Quelle idée aussi de faire une double faute sur une balle de match!

– Ce n'est pas malin, je le reconnais! dit-il en riant avant de répondre à une question de Claire et de Vincent qui venaient de réapparaître sur la terrasse et s'installaient à leur tour dans un transat.

Manon, le regard fixé sur la cime des pins, finissait de boire son café. Sous l'effet de l'alcool et de la chaleur, elle sentait la torpeur l'envahir. Même si la lumière la gênait, elle n'avait pas le courage d'aller chercher ses lunettes noires dans la chambre – ni l'envie de demander à Vincent de lui rendre ce service.

Bientôt elle a posé sa tasse vide à côté d'elle et, le visage au soleil, elle a fermé les yeux.

Elle s'endormait quand les aboiements d'un chien, dans le voisinage, l'ont fait sursauter.

– Je monte m'allonger un moment, annonça-t-elle avant de s'éclipser.

À SON RÉVEIL, il a fallu à Manon quelques secondes pour se rappeler où elle se trouvait. Revenue à la surface des choses, elle a glissé sa main sous sa joue et elle a écouté sa respiration en se remémorant la route depuis Paris, la musique dans la voiture pour combler le silence, l'arrivée à la Villa Dalila, puis le déjeuner avec les parents de Vincent. Après quoi, elle s'est levée pour aller à la fenêtre.

La mer était haute et le soleil qui descendait à l'horizon enveloppait d'une lumière dorée le jardin où les ombres s'allongeaient. Sur la plage, les parasols, autour desquels gravitaient des enfants, étaient comme des confettis éparpillés dans le sable blond.

«Ai-je dormi aussi longtemps?» se demanda Manon en passant son maillot de bain.

Vêtue d'un jean et d'un tee-shirt, elle a pris son livre et sa serviette, et, les pieds nus, elle a quitté la chambre.

Il n'y avait personne au rez-de-chaussée, mais les portes-fenêtres du salon étaient grandes ouvertes. Sur la terrasse, la table avait été débarrassée et le parasol replié. Manon a dévalé les trois marches qui accédaient au jardin pour rejoindre les allées en sautillant. Crissement du gravier. Bourdonnement d'une mouche.

Dans l'air tiède se mêlaient l'odeur de l'herbe et le parfum des fleurs. Peu à peu les bruits de la plage s'amplifiaient.

Manon a franchi la barrière et s'est avancée sur le sable. Des gens s'attardaient au soleil, ou disputaient une partie de pétanque. D'autres, encombrés de pelles, de seaux et d'enfants, se dirigeaient vers un escalier creusé au milieu des dunes. Manon a repéré les affaires de Vincent et jeté un coup d'œil en direction des nageurs. Une fois déshabillée, elle s'est étendue sur sa serviette, et, bercée par le fracas des vagues, elle a ouvert *Les Grandes Espérances*.

Levant les yeux de son livre, Manon a regardé les rouleaux avaler les baigneurs puis les recracher à quelques mètres du rivage. Combien de fois, avec son frère, à Hossegor, où leurs parents les emmenaient chaque été, avait-elle ainsi joué à se faire peur – un après-midi, il avait d'ailleurs fallu appeler les secours après qu'ayant bu la tasse elle s'était évanouie.

Manon a chassé de son esprit ces souvenirs tandis que Vincent sortait de l'eau. Il s'approchait, la démarche souple et assurée. Cependant elle avait du mal à reconnaître dans son corps laiteux, que les excès rendaient trop lourd, celui, svelte et musclé, qu'elle ne se lassait jamais, au début de leur rencontre, de caresser, d'admirer, d'embrasser, de lécher.

Ruisselant et les cheveux plaqués en arrière, Vincent lui souriait.

– Tu as bien dormi? demanda-t-il.

– Comme un bébé. Quand j'ai ouvert les yeux, je croyais que c'était le matin.

— Tant mieux. Maintenant, tu devrais aller te baigner. On se croirait en Méditerranée.

— Je voudrais d'abord finir mon chapitre, répondit Manon en montrant son volume des *Grandes Espérances*.

À cet instant, les pleurs d'une fillette qui cherchait sa mère ont attiré leur attention.

— Et toi, demanda Manon quand les cris de l'enfant se furent éteints, qu'as-tu fait cet après-midi?

— Je me suis promené à bicyclette.

Vincent a hésité, avant d'ajouter:

— Il y a de jolies choses à voir, dans le coin. Je pourrai te les montrer, si tu veux.

— Pourquoi pas. Et tes parents, où sont-ils?

— Aucune idée. À mon retour, la maison était vide, et depuis, pas de nouvelles.

— Attendons la demande de rançon! plaisanta Manon sans savoir d'où lui venait cette idée bizarre.

Elle a repris sa lecture pendant que Vincent s'asseyait sur sa serviette.

Les bras autour de ses jambes repliées, il considérait la mer aveuglante et les vacanciers sur la plage. Le crawl l'avait détendu, et le soleil sur sa peau exaspérait son impatience de partir pour l'Italie. Paris, le travail et les disputes avec Manon s'effaçaient lentement. Vincent laissait son esprit s'envoler dans l'espace et dans le temps.

— Cadaqués, dit-il. La chaleur d'août à Cadaqués. Notre chambre face à la mer. Le départ des pêcheurs au lever du jour. Tes seins nus sur la plage. Nos concours de plongeons depuis les rochers. Les verres de vin blanc à l'heure du déjeuner. Nos promenades à scooter sur les chemins de terre. Les collines comme des volutes. Ton dos bronzé sous la douche…

Surprise, Manon a levé la tête. Il y avait si longtemps qu'elle n'avait plus pensé à leurs premières vacances. Émerveillés de s'être rencontrés ils riaient alors comme des enfants, et dans un désir inextinguible de l'un pour l'autre, ils faisaient l'amour quatre fois par jour. Depuis cet été de bonheur, de gaieté et d'eau verte, des années avaient passé sur le monde et sur leur histoire, et leur émoi semblait s'être perdu sur les routes de Catalogne. Alors, pourquoi se rappeler ces vieux souvenirs?

Vincent prenait dans sa main une poignée de sable qu'il laissait glisser entre ses doigts, et recommençait ce geste plusieurs fois de suite.

— Pourquoi? insista Manon devant son silence.

— Parce que, dit-il en la regardant droit dans les yeux, j'aimerais que nous soyons heureux en Sicile comme nous l'avons été en Espagne.

— Il ne tient qu'à nous, répliqua Manon, soulagée de voir Claire venir vers eux.

Habillée d'une tunique rouge et les jambes nues, Claire tenait dans une main sa serviette et dans l'autre ses tongs qu'elle avait ôtées pour marcher dans le sable. Derrière elle, le jardin était encore plus beau dans la lumière déclinante qui se reflétait sur les vitres de la maison.

— Inutile de demander si tu t'es bien reposée! lança-t-elle. Tu as encore la marque de l'oreiller sur la joue!

— Je ne suis pas la seule! répondit Manon.

Elles ont éclaté de rire, puis Claire a déboutonné sa tunique qu'elle a laissée glisser à ses pieds. C'était la première fois que Manon voyait la mère de Vincent en maillot de bain, et devant sa silhouette et son maintien, elle n'avait aucune peine à imaginer la jeune femme ravissante qu'elle avait été.

Claire déroulait sa serviette.

– Nous allons avoir la visite d'Éric, annonça-t-elle.

Vincent s'est redressé d'un bond.

– Tu plaisantes ?

– Non. Il a appelé tout à l'heure et il arrive demain pour deux jours.

Manon avait refermé son livre et écoutait en silence.

– Éric, dit Claire en s'installant à côté d'elle, est un de nos vieux amis.

Puis, s'adressant aussi à son fils :

– Je n'ai pas bien compris ce qu'il faisait dans la région, mais nous le lui demanderons.

Les mâchoires serrées, Vincent regardait Claire en espérant un démenti qui ne venait pas.

– Pourquoi ne pas lui avoir dit que nous sommes occupés ? maugréa-t-il. Nous ne pouvons donc pas être tranquilles ? C'est trop demander ? Nous sommes en famille, après tout…

Sa mère, à ces derniers mots, a réprimé un sourire.

– Tu connais Éric. Il a toujours l'art d'apparaître quand on ne s'y attend pas.

– Et alors ? Nous ne sommes pas à sa disposition, que je sache !

– Tu ne le verras qu'un soir, dit Claire d'une voix apaisante pour essayer de raisonner son fils. Ce n'est pas un drame.

— Ce n'est pas un drame, mais c'est un soir de trop!

Manon observait Vincent. Il semblait aussi nerveux et agressif que ce soir d'hiver où, avenue de l'Opéra, elle avait dû le retenir d'aller casser la gueule à un automobiliste qui venait de leur faire une queue de poisson. Mais, même si les raisons de sa colère lui échappaient, ce n'était pas le moment de poser des questions.

Les épaules ceintes d'une auréole de lumière, Manon nageait à côté de Claire et se délectait comme elle de l'eau qui, curieusement, paraissait de plus en plus chaude à mesure qu'elles progressaient vers le large.

— Vincent n'a jamais pu supporter Éric, dit Claire en faisant la planche. Je ne sais pas pourquoi. Le sait-il lui-même?

Là-bas, sur la plage, ce dernier se levait et rentrait précipitamment à la villa.

— Quel fichu caractère! a-t-elle ajouté tandis qu'elle recommençait à nager vers l'horizon. Il est bien le fils de son père!

Vincent émergeait d'un profond sommeil. Il était tellement habitué, à Paris, où il avait de fréquentes insomnies, à s'endormir épuisé et à se réveiller fatigué, qu'il n'aurait su dire depuis quand il ne s'était pas aussi bien reposé.

Les mains croisées derrière la tête, il écoutait avec bonheur les roucoulements d'une tourterelle. Durant les étés de son enfance puis de son adolescence, déjà, chaque matin le chant d'une tourterelle l'avait accompagné. Se pouvait-il qu'elle fût revenue après toutes ces années? Quelle était la durée de vie d'une tourterelle? Vincent n'en savait rien, mais cette idée merveilleuse d'un oiseau qui aurait traversé le temps lui plaisait et un sourire est apparu sur son visage.

Tandis qu'il s'étirait, la jeune fille au regard vert et aux boucles blondes dont il rêvait jadis en espérant la rencontrer un jour, a surgi dans son esprit. L'année de ses quatorze ans il avait cru la reconnaître à l'École de voile, même si Fleur Kerguenec avait les yeux vairons et les cheveux auburn. Cependant, après un baiser à la fin du stage, un matin où ils étaient seuls à bord d'un dériveur, la jolie Bretonne s'était évanouie dans la nature et Vincent ne l'avait plus jamais revue.

Seize ans plus tard – parce que l'existence se plaisait à contrarier les attentes, les goûts ou les espoirs de chacun –, la femme qui partageait sa vie avait une chevelure sombre, la peau mate et les yeux marron. Comme il se rappelait sa beauté sauvage la première fois où ils avaient fait l'amour, chez elle, avenue des Gobelins, Vincent, en proie à un désir soudain, a avancé sa main pour caresser Manon. Mais ne caressant que le drap, il a éprouvé en ouvrant les yeux un sentiment de frustration.

Machinalement il a regardé vers la fenêtre dont ils avaient oublié de tirer les rideaux avant d'éteindre. Depuis le lit il ne pouvait voir le ciel, mais son reflet bleu sur un pan de mur blanc annonçait une journée superbe. Dans la chambre flottaient des effluves de Coco Mademoiselle, et le jean posé hier soir sur le dossier de la chaise avait disparu. Les yeux à nouveau fermés, Vincent se demandait quand Manon s'était levée. Où était-elle ? Que faisait-elle ? Il se posait les mêmes questions lorsqu'il était sans nouvelles d'elle au lendemain de leur rencontre.

Ce soir-là, Katsuko, une Japonaise qui après avoir vécu quatre ans à Paris repartait pour Tokyo, avait réuni chez elle ses amis pour un dîner d'adieu. Vincent connaissait à peine Katsuko. Ils s'étaient croisés à l'agence, où elle rendait parfois visite à une camarade architecte, et ils avaient eu l'occasion d'échanger quelques mots. Rien de plus. Aussi, surpris de son invitation, il avait d'abord pensé la décliner. Puis, au dernier moment, malgré le froid et la neige, il avait sauté dans un taxi et sonné à sa porte.

Jusque-là, Vincent n'avait vu Katsuko qu'enveloppée de manteaux, d'écharpes et de bonnets, au milieu desquels apparaissait son petit visage aux traits fins et aux pommettes saillantes. Elle était une autre femme avec ses cheveux libres, sa robe en lainage gris qui mettait en valeur sa silhouette, ses bottes noires, et les bijoux fantaisie dont elle s'était parée pour donner à cet ultime dîner un air de fête.

Elle habitait, au dernier étage d'un immeuble, rue Pirandello, un appartement aux plafonds inclinés, dont les fenêtres ouvraient sur les toits du quartier. Dans le salon où elle introduisit Vincent, un feu distillait son odeur apaisante. Ici et là des tapis recouvraient le parquet blond, et les murs nus portaient les traces de cadres et de meubles revendus ou expédiés au Japon. Sur un buffet dressé devant une bibliothèque vide, des plats de sushis, de sashimis, de légumes, des canettes de bière et deux bouteilles de saké étaient disposés entre des couverts et des gobelets en plastique, une pile de serviettes, et des jeux de baguettes dans leur étui en papier.

Précédé de Katsuko qui les lui présentait avec beaucoup de gentillesse et de longs hochements de tête, Vincent circulait au milieu d'une vingtaine d'invités. Certains semblaient se connaître et interrompaient leurs conversations pour le saluer. D'autres, au contraire, se tenaient à l'écart et restaient silencieux. Horace, un géant de deux mètres, amusait l'assistance en marchant courbé pour ne pas se cogner. Vincent chercha en vain Chloé, l'architecte que Katsuko venait voir à l'agence.

Le dîner était exquis et les invités, de plus en plus bruyants sous l'effet de l'alcool, se pressaient devant le buffet. La maîtresse de maison, attentive au moindre détail, faisait des allers et retours à la cuisine d'où elle rapportait des brochettes au fromage, du saumon cru, de la sauce au soja, une carafe d'eau.

Installé sur le canapé, Vincent profitait du feu et des pitreries de Mutsuo et Kenji, deux artistes japonais aux cheveux blond platine et aux costumes rose et vert, qui, hilares et grimaçants, imitaient les accouplements de primates vus la veille à la télévision.

Une fille arrivée tard vint s'asseoir à côté de lui. Longue et brune, elle portait une chemise blanche décolletée et une jupe en daim marron qui, comme ses escarpins, soulignait la finesse de ses jambes.

– Manon.

– Vincent.

Un sourire aux lèvres, ils entrechoquèrent leurs canettes de Sapporo.

Tandis qu'elle évoquait sa rencontre avec Katsuko lors d'un vernissage à Beaubourg, il ne pouvait détourner les yeux de son sein gauche que l'échancrure de sa chemise laissait entrevoir. De même, lorsque au hasard de la conversation elle se pencha vers lui, les effluves de son parfum – sur lequel il n'arrivait pas à mettre un nom – lui donnèrent l'envie de plonger le nez dans son cou.

Manon parlait de la galerie où elle travaillait quand Katsuko, juchée sur un tabouret, demanda le silence et prononça quelques mots pour remercier ses amis d'avoir rendu si agréable son séjour à Paris.

– Vous allez me manquer, dit-elle en essuyant une larme, mais je vous attends à Tokyo !

– J'arrive ! lança quelqu'un sous les rires et les applaudissements.

– Maintenant, conclut Katsuko, j'ai un service à vous demander. Dans une semaine, comme vous le savez, je rends les clefs de l'appartement. Aussi j'aimerais que vous m'aidiez à le vider en emportant tout ce qui vous plaira!

Il y eut à nouveau des rires et des applaudissements.

Alors que d'autres s'emparaient d'une théière, d'un kimono, d'une estampe ou d'un presse-agrumes, Manon choisit une chaise de jardin polychrome et un parapluie en plastique transparent, et Vincent, un ensemble de couteaux Laguiole. Katsuko, ravie de voir ses amis la dépouiller dans un joyeux désordre, tapait dans ses mains en émettant des couinements de souris – la souris qu'elle était ce soir-là, avec ses yeux brillants, ses dents pointues et son pelage gris.

L'opération terminée, elle sauta du tabouret et introduisit dans le lecteur de la minichaîne – promise à une petite rousse trop maquillée – un CD de rock japonais.

– Je voulais voir tes yeux bleus une dernière fois.

L'aveu de Katsuko, à un moment où ils se trouvaient seuls dans la cuisine, fit regretter à Vincent de n'avoir jamais couché avec elle – il n'avait jamais couché avec une Asiatique –, alors qu'il y pensait à chacune de ses visites à l'agence.

Pendant une heure, elle avait dansé en face de lui. Ils s'étaient même enlacés à deux ou trois reprises quand, bousculée par d'autres danseurs, elle avait été précipitée dans ses bras. Et la dernière fois, n'y tenant plus, il n'avait pas résisté à son envie de l'embrasser dans le cou.

Pourtant, en quittant la chambre de Katsuko où tout le monde récupérait ses affaires, Vincent découvrit que Manon était partie sans lui dire au revoir. Quel idiot il était de ne pas lui avoir demandé son numéro de téléphone! Les invités remerciaient leur hôtesse de son dîner et de ses cadeaux – le poste de télévision, dans les bras d'Horace, ressemblait à un jouet d'enfant – et s'éclipsaient lentement.

Après ce qu'elle lui avait dit dans la cuisine et parce qu'ils ne se reverraient sans doute jamais, sauf si un jour elle revenait à Paris ou que lui se rendait au Japon – ce qui a priori n'était pas près d'arriver –, Vincent, quand vint son tour de l'embrasser, fut ému de quitter Katsuko. Dans l'escalier, respirant encore son parfum, il imagina la jeune femme, le soir, dans les rues de Tokyo inondées de lumières, alors qu'à Paris il commencerait sa journée de travail…

Manon, assise à l'abri de son parapluie transparent, dans le halo d'un réverbère où tournoyaient de petits flocons : toujours Vincent se rappellerait cette image poétique qu'il découvrit en sortant de l'immeuble.

– J'ai cru que tu ne descendrais jamais !

Manon se leva et replia la chaise.

Elle paraissait encore plus longue dans son manteau au col en fourrure.

– Je n'habite pas loin. Tu me raccompagnes ?

Il la débarrassa de la chaise et elle lui prit le bras pour ne pas glisser.

Dans la nuit froide, le simple contact de leurs épaules suffisait à les réchauffer. Les rares passants, devant ce couple en train de se promener à deux heures du matin en plein hiver avec une chaise de jardin, ne cachaient pas leur étonnement. Sans doute l'auraient-ils pris pour un fou dangereux si Vincent leur avait montré les couteaux qu'il cachait sous son duffle-coat. À cette idée, Manon éclata de rire.

VINCENT, en entendant les bicyclettes freiner sur le gravier, a rouvert les yeux. Les voix de Claire et de Manon résonnaient sur la terrasse, puis une porte a claqué au rez-de-chaussée. Là-haut, le soleil poursuivait sa course, et sur le pan de mur blanc le reflet bleu virait au jaune. Encouragé par la tourterelle, Vincent a sauté du lit, enfilé sa chemise et son pantalon, et dévalé l'escalier.

– Salut! lança Manon lorsqu'il est entré dans la cuisine.

– J'espère que nous ne t'avons pas réveillé, s'inquiéta Claire.

Elles revenaient du marché et vidaient leurs paniers. Au sol, à côté de l'évier, sur la table, sur les chaises, dans des sacs en plastique ou enveloppées dans du papier, partout les provisions s'étalaient sous le regard étonné de Vincent.

– Il y a de quoi tenir un siège! s'exclama-t-il.

Songeant à la venue d'Éric, Vincent, plus détendu après une bonne nuit de sommeil, regrettait son mouvement d'humeur, hier, sur la plage. Certes, pour la première fois où Manon venait à la villa il aurait préféré rester seul avec elle et ses parents, mais en effet, cette visite n'était pas un drame.

Du café chaud l'attendait sur la desserte.

– Si tu as faim, il y a des craquelins et de la confiture d'abricot. À moins que tu préfères la marmelade d'orange.

Appuyé au chambranle de la porte, Vincent buvait son café en écoutant Manon parler de la galette au beurre et du verre de cidre dégustés sur le marché après les courses.

– Nous étions assises au soleil. La galette fondait dans notre bouche. Le cidre était frais. Il y avait tous ces sourires et ces fruits merveilleux autour de nous. C'était magique.

L'enthousiasme de Manon et sa capacité à jouir des plus petits cadeaux que lui offrait la vie étaient toujours pour Vincent, moins doué pour le bonheur, une source d'étonnement où se mêlait de l'envie – et, à cet instant, du regret de n'être pour rien dans la gaieté qui illuminait le visage de la jeune femme.

– Magique! a-t-il répété. Rien que ça!

Manon rangeait dans un placard une boîte de sucre et un pot de miel pendant que Claire, dans un bruit de papiers froissés, mettait au frigo les brochettes, les saucisses et les côtelettes achetées pour le dîner.

– Il y avait un monde fou, dit celle-ci en riant, et plusieurs fois j'ai failli perdre Manon!

– Le type avec sa machine à couper les légumes était là? demanda Vincent.

– Oui.

– Et le vendeur de produits miracles pour astiquer les voitures?

– Aussi.

– Ils doivent avoir cent ans, depuis le temps!

– Pas loin!

– Il y avait un magicien formidable! ajouta Manon qui s'était amusée de voir des spectateurs délestés en quelques secondes de leur montre ou de leur portefeuille.

Vincent éprouvait un sentiment étrange à entendre parler du marché où il n'était pas allé depuis des années. Jadis, il s'y rendait avec Miette, sa grand-tante, lorsque au mois d'août elle séjournait à la villa. Coiffée de son canotier, elle bavardait avec les commerçants, goûtait les produits, s'attardait devant les bonimenteurs, admirait les bijoux, et, malgré ses quatre-vingts ans, faisait du charme aux messieurs.

Tout se passait bien jusqu'au moment où la vieille dame, prise d'une lubie, voulait offrir à son petit-neveu les vêtements les plus improbables: bleu de travail, pull à paillettes, chemise hawaïenne ou sabots norvégiens *made in Normandy*, veste en mouton retourné et autres chaussures en plastique… Vincent, pour échapper à la générosité de Miette, devait alors lui confisquer son porte-monnaie ou son chéquier. Et les jours où s'étant couché tard il n'avait pu se lever pour l'accompagner, souvent il trouvait sur la table du petit déjeuner, à côté de sa tasse, une barquette de frites refroidies et dégoulinantes de graisse…

– Sais-tu, demanda Claire en refermant la porte du frigo, qui nous avons rencontré chez le boulanger?

Vincent a haussé les épaules.

– Pierre et Laure Wèze.

Vincent a levé les sourcils.

Hugues, le fils des Wèze, était son camarade, autrefois. Au Tennis-Club, sur la plage, dans les soirées, ils étaient inséparables et toujours entourés d'une bande d'amis. Jusqu'au jour où les

Wèze, parce qu'on lui offrait là-bas un poste que Pierre Wèze ne pouvait refuser, partirent pour l'Australie.

Quatre étés de suite, leur maison au toit vert, sur la falaise, resta fermée. Quatre étés de suite, Hugues ne donna aucune nouvelle à Vincent qui, déjà décidé à tirer un trait sur ses amis d'enfance avant qu'ils ne deviennent des boulets, n'en conçut ni chagrin ni amertume.

La famille Wèze rentrée en France, Vincent et Hugues se revirent. Mais les beaux jours de leur adolescence, que le soleil, la mer, une fête, une promenade, un visage, une étreinte ou un secret avaient enchantés, étaient derrière eux, et ils ne trouvèrent rien à se dire.

Depuis, le toit de la maison, sur la falaise, avait été repeint en orange, et quand par hasard ils se croisaient, ce qui était rare, Vincent et Hugues, en souvenir du passé, échangeaient de loin un sourire ou un signe de la main.

– Ils vont bien ? demanda Vincent d'un air détaché.

– Pierre a pris un petit coup de vieux, mais Laure est toujours pimpante !

La pointe de moquerie, dans la voix de Claire, n'a pas échappé à son fils.

– Ils m'ont demandé de tes nouvelles et chargée de te saluer.

Vincent n'a pas réagi.

– Hugues arrive après-demain pour deux semaines, paraît-il. J'ignorais qu'il avait trois enfants…

– Grand bien lui fasse.

Manon, qui poursuivait ses rangements, s'est alors retournée, et Vincent a vu dans ses yeux une lueur de reproche.

Cette lueur s'était dissipée quand, au moment où il portait à sa bouche la fraise qu'il venait de voler sur la table, elle lui a donné une tape sur la main.

Manon, avec une joie enfantine, a sorti de l'armoire une tarte au citron dans son moule en porcelaine.

– Regarde, dit-elle en la mettant sous le nez de Vincent, ce que ta mère a fait avant d'aller au marché! N'est-elle pas magnifique?

– En effet. Je peux la goûter?

– Désolée, mon cher! Pas avant le dîner!

Manon respirait les parfums sucrés du dessert.

– La tarte au citron, dit-elle avec gourmandise, est l'un de mes gâteaux préférés, et celle-ci me semble particulièrement réussie!

– Attends de voir, murmura Claire en glissant dans un casier les trois bouteilles d'eau minérale qui traînaient à ses pieds.

Vincent affichait tout à coup un sourire ironique.

– Et Éric, demanda-t-il à sa mère, il aime la tarte au citron?

– Il adore la tarte au citron!

– Me voilà rassuré!

Étonnée par le trait d'humour de son fils et songeant à l'arrivée prochaine de son ami, Claire riait avec soulagement.

Ses rangements terminés, Manon a fait un aller et retour dans le couloir pour consulter le baromètre.

– Beau fixe! annonça-t-elle.

– Ça devient lassant! soupira Claire.

Vincent a introduit sa tasse vide dans le lave-vaisselle. Il caressait du bout des doigts sa barbe de deux jours. Les yeux levés sur la pendule, il ne voyait pas Manon l'observer. Même quand il avait mauvaise mine et les cheveux en désordre, comme c'était le cas, elle le trouvait beau pas rasé. D'ailleurs, pour l'encourager à conserver cette barbe naissante qui lui allait si bien, elle lui avait offert une tondeuse. Mais, soucieux de ne pas paraître négligé à l'agence, il ne l'avait jamais utilisée. Et alors qu'il était en week-end et ne devait rencontrer aucun client, elle savait que tout à l'heure, lorsque après sa douche il sortirait de la salle de bains, ses cheveux seraient soigneusement peignés et ses joues parfumées à l'Eau Sauvage aussi lisses que celles d'un nouveau-né.

— Et ta robe, ma chérie! Tu n'as pas montré ta robe!

Manon a sorti d'un sac en plastique une robe d'été en coton blanc.

— Regarde comme elle est jolie! dit Claire à son fils.

Manon avait déplié la robe et la tenait par les bretelles pour que Vincent puisse se faire une idée de ce qu'elle donnerait sur elle.

— Tout ce que vendait le marchand était affreux, sauf cette robe! Heureusement que Manon a l'œil!

— Très jolie, confirma Vincent qui toujours aimait pour les femmes les vêtements les plus simples.

— Les hommes vont adorer! prédit Claire.

— Pfff! fit Manon en haussant les épaules.

JEAN ET MANON REVENAIENT DU TENNIS.

— On dirait que tu as mouillé la chemise! lança Éric en éclatant de rire pour cacher son trouble devant la beauté brune aux seins haut perchés et aux fesses rebondies qui traversait la terrasse en serrant sous son bras une raquette et une boîte de balles.

— Content de te voir! dit Jean. Quand es-tu arrivé?

— Il y a un quart d'heure.

Les deux amis se sont donné l'accolade, puis Claire, après que Manon eut ôté son bandeau et Éric ses lunettes noires, a fait les présentations.

— Depuis le temps qu'on me chante vos louanges!

— Moi aussi, j'ai entendu parler de vous.

— En bien ou en mal?

Le rire d'Éric, qui retenait sa main dans la sienne, a dispensé Manon de mentir.

Consciente que cet homme lui plaisait, elle avait brusquement du mal à soutenir son regard bleu qui semblait ne plus pouvoir se détacher d'elle.

— Alors, demanda-t-il quand tout le monde fut assis au soleil avec un verre d'orangeade, victoire ou défaite?

— 6-3, 5-7, 6-2, belle victoire de Manon, répondit Jean.

— En effet, approuva Claire.

— Eh bien, mon petit vieux, se moqua Éric, où sont tes exploits d'antan?

— Si tu veux dormir ici ce soir, répliqua Jean avec humour, je te prierais de changer de ton!

Mais son ami, imperturbable, a poursuivi:

— La jeunesse finit toujours par l'emporter! C'est dans l'ordre des choses!

— Jean a bien joué, coupa Manon, mais il était moins rapide que d'habitude.

— Et en plus, s'exclama Éric, la jeunesse est cruelle!

Prenant un air affligé, il s'est alors tourné vers Jean.

— Quelle idée, aussi, de jouer au tennis avec un déambulateur!

À nouveau Éric a éclaté de rire, puis le bras replié il a désigné son cœur.

— Passé un certain âge, dit-il, ce sport devrait être interdit. Trop violent. Trop dangereux. N'importe quel médecin te le dira. Pourquoi crois-tu que j'ai arrêté le squash?

— Pour te mettre au tricot, je suppose!

— Fais le malin! «Tu n'as plus vingt ans»…

— «On n'a plus vingt ans»! ajoutèrent en chœur Éric, Claire et Jean.

Manon écoutait, certaine d'avoir déjà entendu ce dialogue.

— Et toi, demanda Éric en s'adressant à Claire, tu ne joues pas?

— Seulement avec mon appareil photo!

Manon avait allongé les jambes, et ses cuisses galbées, où glissait l'ombre du cordage de sa raquette qu'elle manipulait distraitement, aimantaient le regard d'Éric. Ce dernier, quand Claire a voulu savoir ce qu'il faisait dans la région, s'est arraché avec regret à la contemplation de cette lumière quadrillée sur la peau de la jeune femme.

– Je suis allé à Cancale fêter les cinquante ans d'une cousine que je ne vois jamais et à qui je n'ai rien à dire.

– Passionnant! soupira Jean. Pourquoi ne pas t'être défilé? Je t'ai connu moins conciliant…

– Son mari, qui pour l'occasion réunissait famille et amis, m'avait fait jurer de venir. J'étais coincé.

– Charmant.

– Et alors? demanda Claire. C'était comment?

– Mortel. Rarement je me suis senti plus étranger parmi les miens. Quant aux amis… Les vins et le dîner, en revanche, étaient succulents.

– C'est toujours ça!

– Nous allons te faire oublier ce cauchemar, promit Jean. J'espère que tu restes quelques jours car tu te fais rare ces derniers temps…

– Je ne voudrais pas abuser!

– Tu as de la marge!

– D'accord, répondit Éric en souriant à Manon. Mais je dois être à Paris mardi soir.

– Jeannot, dit Claire, as-tu vu ce que ton camarade t'a apporté?

D'un geste de la main elle désignait, dans un coin d'ombre, un magnum de champagne.

– Quel idiot! s'écria Jean.

– Je connais tes faiblesses!

– Si nous voulons la boire ce soir, il faut que je mette cette bouteille au frais sans tarder.

La raquette sur ses genoux, Manon jetait un coup d'œil circulaire.

– Où est Vincent? demanda-t-elle comme si elle découvrait à l'instant son absence.

– Il est descendu sur la plage après votre départ pour le tennis, répondit Claire. Je suppose qu'il y est encore.

Éric guettait le retour de Manon, qui avait disparu depuis un moment, quand Jean lui a demandé des nouvelles de sa fille.

– Elle se promène avec sa mère dans la région de Seattle. Elle m'a appelé il y a trois jours pour me raconter ses randonnées à cheval et ses promenades en kayak. Tout allait pour le mieux.

« Il y a longtemps, songea Claire, que nous n'avons pas vu Iris. Au moins deux ans. Si ça se trouve, la prochaine fois, nous aurons du mal à la reconnaître... »

Il y a eu un silence. Manon ne revenait pas. Peut-être lisait-elle dans sa chambre. Peut-être prenait-elle une douche. Peut-être s'était-elle endormie. Peut-être, peut-être, peut-être...

– Si on allait se baigner? proposa Éric pour mettre fin à son attente.

– Bonne idée! répondirent ensemble Claire et Jean.

– Le premier dans l'eau!

L E BOUCHON DE CHAMPAGNE s'est envolé au-dessus de la terrasse et a atterri dans les hortensias.

– Mes fleurs! s'écria Claire en levant les bras.

– Très jolies! s'exclama Éric en remplissant les coupes alignées devant lui.

En bas des marches, Jean, un sac de charbon à ses pieds et une bouteille d'alcool à la main, finissait de préparer le barbecue.

– J'attends ton signal pour l'allumer, dit-il à sa femme.

Tous les trois ils se sentaient bien après avoir nagé et profité des rouleaux. À leur retour de la plage – où ils avaient trouvé Vincent endormi en plein soleil –, ils s'étaient douchés et changés, et comme Éric et Jean, vêtus l'un et l'autre d'un jean et d'un polo Lacoste, Claire, avec sa chemise indienne, son pantalon blanc et ses bracelets, était d'une élégance décontractée.

– Tu as l'air d'une princesse orientale, lui souffla son mari tandis qu'elle lui apportait une coupe.

– Rien que ça!

Jean a remarqué, au milieu des éclats de miroir, des perles et des motifs brodés de la chemise, la broche offerte par Manon.

– Alors, demanda-t-il au moment où cette dernière, suivie de Vincent, franchissait la porte-fenêtre du salon, comment vas-tu appeler ce petit chat ?

– Marius, répondit Claire. Marius, en souvenir du chat aux yeux jaunes de mon enfance.

Lorsqu'il avait disparu, elle avait préféré imaginer, pour dissiper son chagrin, que Marius n'était pas mort et vivait sa vie de chat où bon lui semblait. Quarante-cinq ans plus tard, cette idée, quand elle se rappelait les miaulements ou la fourrure de l'animal, lui était encore douce.

Manon était enfin de retour et Éric, malgré la présence de Vincent, avait du mal à contenir sa joie.

– Je savais que le champagne vous ferait venir ! dit-il en leur tendant à chacun une coupe.

Alors que déjà Vincent lui tournait le dos, Éric a échangé avec Manon un regard appuyé.

– Eh bien, s'exclama Jean devant le coup de soleil que son fils avait attrapé sur le visage, il était temps qu'on te réveille !

Éric a profité de ce qu'ils continuaient à bavarder pour faire à Manon des compliments sur sa robe.

– Quinze euros au marché ! annonça-t-elle.

Claire s'est approchée de la jeune femme en faisant cliqueter ses bracelets. Coco Mademoiselle et Shalimar se mêlaient dans l'air du soir.

– N'est-ce pas qu'elle lui va à ravir !

– À ravir, répéta Éric, envoûté par la silhouette blanche devant lui.

– Tu vois, ma chérie, que les hommes adorent ta robe !

Un autre parfum a surpris Manon lorsque Jean a traversé la terrasse pour allumer le barbecue. Un parfum qui jadis avait beaucoup compté pour elle et qui aujourd'hui encore lui serrait le cœur. En effet, comme une vieille chanson ravive les souvenirs, Vétiver, de Guerlain, ramenait Manon à ses vingt ans et à l'homme de vingt ans son aîné dont elle était alors amoureuse. Étudiante à la Sorbonne, elle manquait souvent les cours pour l'attendre dans sa chambre de la rue Daguerre, où ses mains, sa langue, son sexe la transportaient jusqu'à la rendre folle. Des week-ends à Londres ou à Bruxelles. Des photos en noir et blanc. Des appels pendant des heures. Des fous rires inextinguibles. Des surprises. Des cadeaux. Puis la déception, le silence et les larmes, bientôt effacés par d'autres rencontres. Comme ces dix ans avaient passé vite.

Éric s'efforçait de détourner son attention de Manon, qui pourtant cherchait son regard. Depuis quand n'avait-il pas croisé une femme aussi séduisante? Depuis quand n'avait-elle pas ressenti pour un homme une telle attirance? Sous le coup de l'émotion, ils n'auraient su le dire. D'ailleurs ces questions, au moment où l'amour s'emparait d'eux et les poussait l'un vers l'autre avec une force invincible, étaient sans importance. Et pas plus Jean, qui surveillait le barbecue, que Claire, qui grignotait des pistaches, ou que Vincent, qui contemplait le jardin, n'avaient conscience de l'événement en train de se produire sous leurs yeux.

Éric, en se déplaçant, a remarqué sur le côté de la maison l'absence de volets à plusieurs fenêtres, dont ne subsistaient que les crochets et les gonds rouillés.

— Je vois que tu t'es trouvé une occupation, dit-il à Jean.

– Je rabote. Je ponce. Je décape. Je nettoie. Je vernis. Je repeins. Avec le vent, la pluie et le sel, chaque année c'est pareil.

Ensemble, ils avaient beaucoup travaillé dans la villa après que Jean, qui ne gagnait pas encore bien sa vie, en eut hérité. Malgré leur inexpérience, ils s'étaient lancés dans la maçonnerie, la plomberie, l'électricité, la menuiserie, la peinture, en frôlant parfois la catastrophe.

– Tout de même, s'étonna Jean, nous ne manquions pas d'audace!

– Ou de folie!

– La maison était dans un tel état, quand j'y repense… Sans toi, je ne sais pas comment j'aurais fait.

Éric a croisé le regard de Manon et ce qu'il lisait dans ce regard le hissait sur un nuage.

– Tu aurais trouvé un autre pigeon! lança-t-il, au comble du bonheur.

– Idiot! répliqua Jean en lui donnant une tape sur l'épaule.

Claire les revoyait tous les deux dans l'éclat de leur jeunesse. Elle se rappelait Éric, occupé à scier des planches ou à faire du ciment; Jean, un seau au bout de chaque bras; ou les deux amis en train de poser du papier peint dans les chambres. Et en même temps que ces images lui revenaient en mémoire, elle croyait entendre les plaisanteries, les jurons et les éclats de rire qui égayaient alors la villa.

– Maintenant, ajouta Éric, tu as Vincent pour t'aider.

Jean et son fils ont échangé un coup d'œil, puis Vincent, avec un sourire mauvais, comme si malgré ses efforts il ne pouvait s'empêcher d'être insolent, a toisé Éric.

– Tu oublies que je n'ai ni ton habileté ni ta patience…

Indifférent à la flèche qui perçait sous le compliment et soucieux de ne pas créer de tensions, Éric n'a pas répondu.

– Les problèmes d'entretien, dit-il en observant à nouveau les coulées de rouille sur le mur, m'ont toujours dissuadé d'avoir une maison de vacances.

– Pourtant je me souviens de l'époque où vous songiez, Lisbeth et toi, à en acheter une à Long Island.

Éric a éprouvé un sentiment désagréable en entendant Claire prononcer ce prénom : Lisbeth. Il avait si peu envie qu'on lui parle de son ex-femme ; si peu envie qu'elle s'insinue dans la conversation ; si peu envie d'être obligé de penser à elle. Pas maintenant. Pas ce soir. Pas devant Manon.

– C'est vrai, a-t-il reconnu. Des amis possédaient là-bas une villa les pieds dans l'eau et nous encourageaient à en acquérir une à notre tour.

La perspective de s'évader de New York pour profiter de la mer et du grand air enthousiasmait Lisbeth, et elle s'était mise à consulter les annonces immobilières de tous les journaux qui lui tombaient sous la main. Peu après elle découvrit dans un magazine la photo d'une maison à vendre, à l'est de l'île et non loin de celle de leurs amis, qui ressemblait à la demeure de ses rêves.

Le lendemain était un samedi ensoleillé de mai, et dès 9 h 30, Éric, serein, Lisbeth, impatiente, et Iris, remuante, roulaient vers Long Island pour se promener au bord de l'eau, manger des fruits de mer, et visiter la villa.

– Construite en bois et entourée d'un jardin, elle n'avait plus été habitée depuis des années. Au rez-de-chaussée, les baies vitrées ouvraient sur un belvédère d'où l'on dominait l'Atlantique comme sur le pont d'un navire.

Tandis qu'il apportait ces précisions, Éric – qui conservait de cette journée des images aussi nettes que s'il les avait eues sous les yeux dans un album de photos – pénétrait mentalement dans le living aux murs délavés et à la cheminée hors d'usage, puis dans la cuisine dont les meubles en formica avaient vu se succéder trois générations d'Américains, avant de gravir l'escalier jusqu'à l'étage où une chambre attenante à une salle de bains aurait pu devenir la sienne et celle de Lisbeth, et une autre, plus petite, celle d'Iris.

La lumière printanière, ce jour-là, rendait les environs enchanteurs, et Lisbeth, encouragée par l'agent immobilier pendant qu'Iris regardait avec envie les enfants des maisons voisines s'ébattre sur la plage, poussait son mari à signer sur-le-champ la promesse de vente de peur de voir la villa leur passer sous le nez. Mais devant l'ampleur des travaux et le prix qu'en demandait le propriétaire, Éric s'abstint.

– Je travaillais toute la semaine. Je n'allais pas en plus m'infliger des séances de bricolage chaque week-end. Surtout que tu étais trop loin pour venir m'aider…

À sa manière de sourire en hochant la tête Jean a signifié à son ami que s'il en avait eu le pouvoir il n'aurait pas hésité, pour être auprès de lui, à rapprocher les continents.

Revenu de Long Island, Éric admirait le feu à l'horizon en rêvant d'enlacer Manon qu'entouraient Claire et Vincent. Les mains sur les hanches, Jean observait un vol de canards dans le ciel orangé d'hier et de demain, qui ce soir le ramenait au Kenya ou en Tanzanie, quand debout à l'arrière d'une jeep, sa caméra au poing, il filmait les animaux dans la savane.

Les canards avaient depuis longtemps disparu lorsque à l'odeur de l'iode s'est mêlée celle de la viande grillée.

DEPUIS LE DÉBUT DU DÎNER, Éric, avec une drôlerie irrésistible, racontait les anecdotes les plus cocasses. Lorsque enfin il s'est tu après avoir évoqué la naine en costume tyrolien qui, un soir, à Hong Kong, lui avait fait des avances dans un hôtel, ses amis, hilares, ont pu reprendre leur souffle.

– Sais-tu qu'on croirait presque à tes histoires? dit Jean en débouchant une troisième bouteille de saint-émilion.

– Je n'invente rien! affirma Éric qui se dépêchait d'avaler ses légumes. Tout est vrai! Et je ne vous ai pas encore parlé de cette femme qui habillait son chimpanzé avec les costumes de son mari disparu, jusqu'au jour où l'animal a voulu faire son devoir conjugal!

– Arrête, sinon je vais mourir! implora Claire, le ventre douloureux d'avoir trop ri.

Manon s'essuyait les yeux avec le coin de sa serviette et Éric y voyait une récompense. Car c'était pour elle qu'il s'était lancé dans ce monologue comique; pour capter son attention et empêcher son regard d'aller se poser sur Vincent. Et si ce dernier, pour faire bonne figure, avait ri lui aussi, il était loin d'imaginer qu'Éric venait de remporter une victoire décisive.

Depuis quand Vincent n'avait-il pas vu Manon aussi gaie? Il n'aurait su le dire et d'ailleurs il n'y pensait déjà plus. Malgré son intention de ne pas trop boire en prévision du retour à Paris demain matin, il avait abusé de l'alcool et se sentait euphorique. La preuve: il n'en voulait plus à Éric d'être venu à la villa, et il le remerciait intérieurement d'avoir fait rire Manon. Le rire retrouvé de Manon, comme ce week-end à la mer, était le signe que le bonheur n'avait pas disparu et que leur histoire pouvait redevenir simple et belle.

Vincent a bu la moitié de son verre de bordeaux. À mesure que les minutes s'écoulaient, Manon, transfigurée, lui paraissait de plus en plus irréelle. Quelle chance il avait eue de la rencontrer. Quelle chance il avait de partager ses jours. Comment, sous prétexte de travail, avait-il pu la négliger alors qu'il était fou d'elle? Comment avait-il pu invoquer toutes ces mauvaises raisons – le besoin de réfléchir, le chamboulement du quotidien, le moment opportun – pour lui refuser l'enfant qu'elle désirait? Ces questions, auxquelles il ne trouvait pas de réponse, tournaient dans sa tête comme un hamster dans une roue. Conscient de ses erreurs, Vincent voulait reconquérir Manon.

Le jour déclinait et le ciel semé d'étoiles préparait le monde à une nuit originelle. Là-bas, entre les pins, les dernières flammes de l'incendie donnaient à la mer une apparence de lave en fusion. Les fanaux de trois chalutiers dessinaient à l'horizon un triangle parfait. Bientôt le jardin serait plongé dans les ténèbres et seules les lumières du salon éclaireraient la terrasse.

Jean a allumé le photophore posé au milieu de la table.

– Cadeau d'Elphège, dit Claire en désignant avec un sourire navré la coupe en verre qui abritait la bougie. Sais-tu que c'est l'anniversaire de sa mort, ces jours-ci?

Éric a hoché la tête.

– Déjà huit ans, n'est-ce pas?

– Oui, répondit Jean dont le visage s'était brusquement assombri comme s'il venait d'apprendre la nouvelle.

La disparition de leur ami les avait tous les trois abattus, alors, et tandis qu'ils se regardaient en silence, l'une revoyait Elphège en train de danser lors d'une soirée d'anniversaire, l'autre se rappelait son sourire sur un télésiège de l'Alpe-d'Huez, et le troisième son bonheur à la veille d'épouser celle qui provoquerait sa perte.

– Aujourd'hui encore, reprit Jean, si je pense à lui, tout de suite ce sont les images de la fin qui me reviennent en mémoire. Quand déboussolé et bourré de tranquillisants il débarquait chez nous à n'importe quelle heure pour s'épancher et s'endormait sur le canapé…

Claire a tressailli.

– Tais-toi, supplia-t-elle.

Mais Jean, dont le chagrin se réveillait, a poursuivi:

– Et les soirs où nous dînions en tête à tête dans ce restaurant chinois, à côté de chez lui. Ne mangeant rien mais buvant bière sur bière, il refaisait toute l'histoire avec Barbara, depuis leur rencontre jusqu'à son départ. Il me confiait son amour pour elle et son incompréhension. Que s'était-il passé? Pourquoi lui préférait-elle un autre? Qu'avait-il fait de mal? Tantôt j'essayais de le raisonner, tantôt de le distraire, mais rien ne pouvait la sortir de son malheur. Il était déjà au fond du gouffre…

– Tais-toi, répéta Claire sans être davantage entendue.

– Après quoi, par crainte qu'il traîne toute la nuit Dieu savait où, je le raccompagnais rue Erlanger pour l'aider à prendre ses médicaments et à se mettre au lit. À moi aussi, alors, il paraissait lugubre son appartement privé de femme, où n'avaient jamais retenti des cris d'enfants…

«C'est toi qui aurais mieux fait de te taire», songea Claire lorsque son mari a raconté pour la centième fois sa dernière promenade avec Elphège, un dimanche après-midi, boulevard Exelmans.

– Le soleil brillait. Nous marchions vers la Porte d'Auteuil en nous arrêtant à l'ombre des arbres. Hagard et en larmes, il avait l'air d'un enfant perdu qui cherche partout sa mère dans les rues. C'était bouleversant. Inquiet, j'ai voulu le ramener rue Notre-Dame-des-Champs. Devant son refus, je lui ai fait promettre de nous accompagner ici la semaine suivante. Et le lendemain…

Claire, frissonnante, a baissé la tête.

– Incapable d'enrayer son processus de démolition, je m'attendais au geste d'Elphège, reprit Jean, en proie aux remords même s'il ne voyait pas ce qu'il aurait pu faire de plus pour éviter le drame. Le soir, à la maison, quand sonnait le téléphone, qui peut apporter le meilleur mais aussi le pire, mon cœur s'arrêtait. Oui, je m'attendais à ce qu'un soir où nous serions en train de dîner ou de regarder la télévision, le téléphone sonne pour nous annoncer la nouvelle. C'est ce qui est arrivé.

Jean a fini d'un trait son verre de vin pour chasser de son esprit les images de la morgue où il avait été reconnaître son ami. Les couloirs déserts. La lumière blanche qui tombait des plafonniers. La pièce nue, imprégnée d'une odeur de détergent, où Elphège reposait. Son visage, miraculeusement intact, à nouveau serein. Et, dissimulé sous un drap, son corps que le métro avait broyé...

— Bon Dieu! s'exclama Jean en abattant son poing sur la table, à quoi ça rime de se foutre en l'air pour une femme? Personne ne vaut d'en arriver là! Il est bien avancé, maintenant, au fond de son trou!

Le visage grave, Éric était surpris de voir que la tristesse de Jean ne faiblissait pas avec les années. Troublés eux aussi, Manon et Vincent attendaient que l'orage s'éloigne tandis que Claire, la main posée sur le bras de son mari, essayait en vain de le ramener au calme.

— Si seulement Elphège avait eu des enfants pour lui redonner le goût de vivre! Mais il n'avait que Barbara partie se faire sauter ailleurs!

— Comme quoi, souffla Claire en relevant la tête, même quand il nous est proche et qu'on croit le connaître, un couple demeure une bulle opaque à l'intérieur de laquelle il est impossible de savoir ce qui se passe.

Si bavard pendant le dîner, Éric, depuis le début de la conversation, gardait le silence.

— Tout cela est d'autant plus absurde, dit-il enfin, que Barbara s'est vite séparée de l'homme pour lequel elle avait quitté Elphège. S'il n'avait pas commis l'irréparable, sans doute serait-elle revenue vers lui et la vie aurait repris comme avant.

Jean a haussé les épaules.

— Et la trahison? Tu en fais quoi de la trahison? Même si elle était revenue la bouche en cœur, Barbara avait trahi Elphège, et jamais il n'aurait pu l'oublier!

– Et le pardon? Tu en fais quoi du pardon? La vie n'est pas une ligne droite. Elle est au contraire pleine de détours, de hasards, de rencontres, et chacun peut avoir des moments de faiblesse. Ce n'est pas une raison pour le condamner ou tout remettre en question.

– Sauf que ces «moments de faiblesse», comme tu les appelles, ne sont que la négation d'une promesse et d'un engagement! La fidélité, ça existe! C'est précieux! Ce n'est pas quelque chose qu'on jette par la fenêtre à la première occasion! Sinon, où est le respect? Où est l'amour?

La flamme du photophore et la colère brillaient dans les yeux de Jean en entendant contester les principes qui guidaient sa vie et auraient pu, selon lui, sauver celle d'Elphège.

– Dois-je te rappeler ton mariage avec Lisbeth? lança-t-il à Éric. Dois-je te rappeler où vous ont menés vos «moments de faiblesse»?

– Jeannot, tempéra Claire de peur que la discussion ne s'envenime, je t'en prie…

Passé la surprise de l'attaque, un malaise planait sur la terrasse. S'il n'y avait pas eu tant de douleur dans les propos de Jean, Manon, qui soudain ne reconnaissait plus l'homme posé et charmant qu'elle rencontrait depuis des années, aurait pu s'en amuser. Pourtant, plusieurs fois Vincent lui avait parlé du caractère éruptif de son père et de ses colères aussi brutales que passagères.

Claire empilait les assiettes vides pour les emporter à la cuisine.

– Ne bouge pas, ma chérie, dit-elle alors que Manon se levait pour l'aider.

Vincent continuait à boire mais, comme s'il regrettait d'avoir ri aux plaisanteries d'Éric ou entrevoyait leurs conséquences – ce qui n'était pas le cas –, son euphorie était retombée.

Sa mère revenait avec les assiettes à dessert et la tarte au citron.

– À la place d'Elphège, demanda-t-il alors en se tournant vers son père, comment aurais-tu réagi?

– Mal, répondit Jean. La trahison d'une femme qu'on aime, ce doit être l'enfer.

Il a marqué un temps, puis il a ajouté:

– Heureusement je ne vivais pas avec Barbara, mais avec Claire. Et jamais, quand je me trouvais à l'autre bout de la Terre, je ne me suis inquiété de la savoir seule à Paris. Mais peut-être ai-je eu tort?

Claire, occupée à goûter la tarte au citron après avoir servi tout le monde, n'a pas remarqué le regard tendre que son mari posait sur elle.

– N'était-elle pas ravissante? demanda Jean que ses souvenirs visitaient.

Éric, la bouche pleine, a grimacé un sourire tandis que Claire, émue, levait les yeux au ciel.

À nouveau souriant, Vincent entamait sa part de tarte avant de poursuivre son interrogatoire.

– Quand tu dis que tu aurais mal réagi, a-t-il insisté en se tournant une fois encore vers son père, qu'entends-tu par là?

– J'aurais été triste et déçu. Et sous le coup de cette tristesse et de cette déception, peut-être aurais-je eu la tentation de me venger…

– Contre maman?

— Non. Contre le salaud qui serait venu foutre la merde dans ma vie. Celui-là, sans doute n'aurais-je eu de cesse de lui régler son compte… En même temps, comment savoir où peut mener le chagrin ? Comment imaginer la douleur quand elle n'est pas là ?

— Bon, s'écria Claire en riant trop fort, ce n'est pas fini toutes ces bêtises !

L'ambiance, autour de la table, était redevenue légère et il n'y avait plus trace de colère sur le visage de Jean qui rapportait du salon une bouteille de calvados, cinq verres ballons et deux Montecristo.

— Tu nous gâtes, dit Éric en respirant son cigare avant de l'allumer.

— On sait ce qu'on tient ! plaisanta Jean, son verre d'alcool à la main.

Leur échange pendant le dîner était oublié et ils se retrouvaient dans les plaisirs que leur offrait la vie.

Devant leur contentement, Claire, qui partageait avec Vincent la dernière cigarette de son paquet de Camel, eut envie de se moquer d'eux.

— Admire, dit-elle à Manon, la satisfaction qu'apportent à ces messieurs un cigare et un verre d'eau-de-vie !

Éric et Jean les ont regardées l'une après l'autre comme deux enfants pris le doigt dans un pot de confiture.

— Je peux t'affirmer, poursuivit Claire, qu'ils étaient moins tranquilles le jour où, du côté de l'étang de Vaccarès, en Camargue, ces deux idiots, partis se soulager dans la nature après un déjeuner arrosé, ont vu d'un peu trop près les cornes de quatre taureaux sauvages !

Assurés d'être ridicules, Éric et Jean se sont recroquevillés sur leur chaise tandis que Manon pouffait en écoutant Claire raconter leur course, la braguette ouverte, pour échapper aux animaux lancés à leurs trousses, son fou rire lorsqu'ils s'étaient relevés crottés de la tête aux pieds après une chute dans la boue, et la manière dont elle avait réussi, au risque d'enliser la voiture, à les sauver de leurs poursuivants...

Les verres de calvados étaient vides et les cigares écrasés dans le cendrier. Claire regardait son fils étouffer un bâillement en regrettant qu'il doive déjà s'en aller demain. C'était tellement agréable de les recevoir à la villa, lui et Manon, tellement joyeux. Si elle, au moins, avait pu prolonger son séjour...

— Pourquoi ne restes-tu pas un ou deux jours de plus?

Vincent, comme si les mots avaient franchi ses lèvres malgré lui, a été le premier surpris de sa proposition. Encouragé par les sourires de Manon et convaincu qu'il serait bon pour eux deux qu'elle profite encore de la mer et du soleil, il y réfléchissait pourtant depuis un moment.

— La galerie marche au ralenti, dit-il, et rien ne t'oblige à rentrer à Paris. Surtout que je dois repartir pour Bruxelles demain après-midi.

— Quelle bonne idée! approuva Claire qui par discrétion n'avait osé la lancer la première.

— Comment n'y avons-nous pas pensé? se demanda Jean que cette perspective enchantait.

Prudents ou incrédules devant le bonheur de ne pas être séparés dès ce soir, Éric et Manon ont échangé un regard plein d'espoir.

– Tu n'auras qu'à m'indiquer l'heure de ton train, ajouta Vincent, et j'irai te chercher à Montparnasse.

– C'est inutile, coupa Éric. Je rentre à Paris mardi, et si elle est d'accord, je me ferai un plaisir de ramener Manon.

Pourquoi Vincent croyait-il qu'Éric, lui aussi, repartait demain ? Piégé, il regrettait maintenant son initiative, mais il était trop tard pour revenir en arrière. Si seulement il avait moins bu et parlé moins vite…

– Tout est pour le mieux ! se réjouirent Claire et Jean sans laisser à Manon le temps de répondre.

Jusque-là silencieuse, celle-ci faisait semblant d'hésiter.

– Avec plaisir, dit-elle enfin, en acceptant à la fois la proposition de Vincent et l'invitation d'Éric.

S ES CHEVEUX EN ÉTOILE SUR L'OREILLER, Manon goûtait
le plaisir de s'allonger en travers du lit sans se heurter à
Vincent.

Malgré sa discrétion, elle l'avait entendu, tôt ce matin, s'ha-
biller et fermer son sac.

– Je t'aime. À demain.

Quand après ces mots il lui avait caressé l'épaule, elle n'avait
pas réagi. Et maintenant que Vincent était sans doute arrivé à
Paris – il roulait si vite quand il était seul –, elle éprouvait le même
soulagement qu'hier soir lorsqu'en entrant dans la chambre elle
l'avait trouvé endormi.

Une fois encore les rideaux étaient restés ouverts et Manon
promenait son regard à travers la pièce où Vincent n'avait laissé
aucune trace de son passage. Bientôt le visage d'Éric a surgi devant
ses yeux et elle a souri à l'idée de le revoir.

Animée d'une énergie soudaine, Manon a sauté du lit à pieds
joints. Il n'y avait pas un nuage dans le ciel. La mer, descendue
pendant la nuit, commençait à remonter. Seule dans le jardin
inondé de soleil, Claire faisait des photos. Manon a pris une
douche, enfilé sa robe à fleurs et serré ses cheveux dans un foulard.

Quand Manon est apparue sur la terrasse, Claire lui a fait un signe de la main avant de traverser la pelouse pour la rejoindre.

– Installe-toi, je reviens, dit-elle en montrant la table du petit déjeuner où traînait l'édition du jour de *Ouest-France*.

Son Nikon autour du cou, Claire est allée chercher du café et une corbeille de croissants.

– De la part d'Éric, dit-elle. Sitôt levé, il s'est rendu à bicyclette à la Maison de la Presse et à la boulangerie.

– Quelle activité! s'écria Manon, heureuse d'entendre parler de lui.

– Quand il est ici, il ne tient pas en place et revient toujours avec mille choses à raconter.

Manon remplissait sa tasse de café et prenait un croissant dans la corbeille.

– Si tu préfères il y a des craquelins, de la confiture d'abricot et de la marmelade d'orange.

– Comme hier!

– Oui! Tous les matins j'essaie de refourguer ma camelote!

Les deux femmes ont éclaté de rire puis Claire a posé son appareil photo au bout de la table et s'est assise à son tour.

– La nuit fut bonne?

– Excellente.

– Avoue que ça aurait été idiot de ne pas en profiter.

Le bras tendu, Claire désignait le jardin, la mer, le ciel bleu.

– C'est vrai. Je suis contente d'être restée ici avec vous.

– Dommage que Vincent n'ait pu en faire autant. Tu l'as entendu partir?

– Non, mentit Manon.

– Je l'ai croisé au moment où il s'apprêtait à quitter la maison...

Comme jadis lorsqu'il sortait avec des amis et qu'elle s'inquiétait de ne pas l'entendre rentrer Claire avait guetté les pas de son fils dans l'escalier pour lui faire un café et l'embrasser avant son départ.

– Où est Jean? demanda Manon pour savoir où se trouvait Éric.

– Dans le hangar. Il repeint les volets avec Éric. D'ailleurs il faudrait que je leur apporte quelque chose à boire.

Manon consultait sa montre.

– Elle est jolie, observa Claire, mais elle retarde. Il n'est pas 9 h 45, mais 10 h 30.

Étonnée, Manon a agité son poignet puis collé la montre à son oreille.

– Je viens pourtant de la faire réviser, bredouilla-t-elle en songeant à toutes les fois où son père, qui s'était offert cette Omega il y a trente ans, avait posé ses yeux sur son cadran doré.

Dans l'air flottait une odeur de pin qui, ajoutée à celle du café, amplifiait la sensation de bien-être que Manon éprouvait depuis son réveil.

– Vous avez fait de belles images? demanda-t-elle les yeux tournés vers le Nikon dont le maniement lui semblait un mystère.

– J'ai photographié des ombres, répondit Claire. Parce qu'elles signalent la présence d'une personne, d'un lieu, d'un objet sans rien en révéler, depuis toujours elles me fascinent. Elles peuvent être si belles, si étranges, et il y a tant à voir dans ce qui ne se montre pas. Et puis c'est émouvant, quand la mort est advenue, de se rappeler quelqu'un à travers sa seule ombre disparue avec lui…

— Voilà une bonne idée de livre.

— J'y pense, en effet.

Cette conversation ramenait Manon au jour où Claire, pour la première fois, avait proposé qu'elles aillent ensemble à la Maison européenne de la photographie voir l'exposition «Henri Cartier-Bresson à vue d'œil». Dans ce lieu où elles retourneraient souvent et dont Claire appréciait la luminosité et les volumes, elles se promenèrent au hasard des salles, éblouies par les clichés qu'elles découvraient. Avant de partir, Manon déroba dans une vitrine une feuille manuscrite sur laquelle l'artiste avait livré de sa grande et belle écriture noire cette réflexion: «Photographier: c'est mettre sur la même ligne de mire la tête, l'œil et le cœur. C'est une façon de vivre.»

— Tu es gonflée! s'écria Claire quand, rue de Fourcy, Manon lui dévoila son larcin.

Après quoi elles flânèrent dans le quartier en échangeant leurs impressions et profitèrent du soleil d'avril dans le square Georges-Cain, rue Payenne.

Claire, elle aussi, a pris un croissant qu'elle a mangé avec appétit.

— Tu vois, là-bas, le buis qui borde l'allée?

Manon s'est retournée et a hoché la tête.

— C'est devant ce buis que Vincent, le 12 juillet 1983, a fait ses premiers pas. J'avais noté la date dans un agenda même si je savais que je ne l'oublierais jamais. Nous étions si émus et si fiers, Jeannot et moi! Notre fils marchait! Grisé par sa découverte, il riait aux éclats et ne cessait d'aller et venir entre nous pour se jeter dans nos bras! Quel moment extraordinaire!

– J'imagine, dit Manon.

– J'ai aimé regarder mon fils grandir et découvrir le monde comme j'ai aimé voir se développer son caractère et sa personnalité. Avant sa naissance, rien ni personne n'avait été plus important pour moi, et durant son enfance chacun de mes regards sur ce garçon qui d'un coup avait pris tant de place dans ma tête et dans mon cœur, était un regard d'émerveillement.

Claire a avalé les dernières miettes de son croissant, avant de poursuivre :

– Le bonheur d'être mère, c'est un bonheur de chaque instant, un bonheur sans limites, un bonheur inépuisable. Il élève, il enrichit, il emplit, il déborde, et en même temps qu'il bouleverse l'existence, il modifie le rapport au passé, au présent, au futur, à la vie, à la mort. Au fond, c'est un bonheur tellement grand, tellement unique, qu'il en devient presque indicible.

Manon écoutait Claire avec attention. Qu'essayait-elle de lui dire? Quel message, s'il y en avait un, voulait-elle lui transmettre?

– Tu comprendras le moment venu, a-t-elle ajouté. Avant cela, ma belle, amuse-toi et profite de ta jeunesse.

Manon avait tout à coup un doute. Vincent avait-il parlé à sa mère? Lui avait-il confié leurs disputes à ce sujet? Lui avait-il demandé de la raisonner – ou même de la dissuader – dans l'espoir de gagner du temps?

Aussitôt Claire, comme si elle avait réfléchi à la question en l'espace de quelques instants, a balayé ce doute.

– Après tout, s'est-elle ravisée, pourquoi attendre d'avoir un enfant quand on se sent prête et qu'on en a le désir?

«Parce que votre fils m'a refusé ce bonheur», fut tentée de répondre Manon sans savoir si elle devait en concevoir un regret ou en éprouver un soulagement.

Car à présent il lui semblait loin son désir d'enfant que les mots de Claire, par un phénomène étrange, ne faisaient qu'éloigner davantage encore. Et elle n'avait qu'à se rappeler leurs discussions des derniers mois pour se savoir détachée de Vincent au point d'avoir envie d'un autre homme. Oui, Manon acquérait la certitude que si Claire et Jean avaient un jour des petits-enfants, elle ne serait pas leur mère.

— Je ne sais pas pourquoi je te raconte tout ça. Je dois t'ennuyer avec mes histoires.

Manon a fini son café sans répondre.

— Maintenant il faut que j'aille au hangar sinon on va retrouver Éric et Jeannot desséchés sur pied!

Quand Claire est revenue de la cuisine, Manon lui a pris des mains le plateau où elle avait disposé deux verres et une bouteille d'orangeade.

— Laissez, dit-elle. Je m'en occupe.

DES RIRES ET LA MUSIQUE DE PINK FLOYD s'échappaient du hangar.

– Tout de même, s'exclama Jean au moment où Manon franchissait la porte, *Dark Side of the Moon*, ce n'est pas rien !

– Je préfère *The Wall*, répondit Éric.

Manon pensait les trouver en plein travail, une ponceuse ou un pinceau à la main. Mais, assis sur des caisses en bois face à une paroi vitrée qui dessinait à leurs pieds une flaque de lumière, ils se contentaient de bavarder et de ne rien faire.

– Tiens, s'étonna Jean devant l'ombre chinoise qui venait vers eux, nous avons de la visite !

– Une visite rafraîchissante ! se réjouit Éric en découvrant la robe à fleurs et la bouteille d'orangeade.

Tandis que les deux amis se levaient pour l'accueillir, Manon, brusquement intimidée, a eu peur de renverser le plateau avant de le poser sur la table pliante dressée entre les caisses en bois.

– Tu ne peux pas mieux tomber ! s'exclama Jean qui avait éteint la radio. Nous mourons de soif !

Comme hier, au retour du tennis, des gouttes de sueur perlaient sur son front.

– On n'a pas arrêté! plaisanta Éric en montrant les volets allongés sur des tréteaux auxquels ils n'avaient pas touché.

Ce dernier avait eu la bonne idée de ne pas se raser, et Manon, curieusement, lui trouvait un air juvénile avec ce duvet gris qu'elle aurait aimé caresser.

Certes il faisait chaud, mais en les voyant boire d'un trait leur verre d'orangeade, Manon a compris qu'Éric et Jean avaient beaucoup parlé. Ils se servaient un autre verre et elle en a profité pour jeter un coup d'œil dans le hangar où flottaient des odeurs d'huile, de térébenthine et de caoutchouc. Sur le mur, au-dessus de l'établi, étaient alignés par ordre de grandeur les clefs, les marteaux, les pinces et les tournevis qu'Éric et Jean avaient utilisés jadis, comme la perceuse, les rabots ou le fil à plomb, pour remettre en état la villa. Par terre, un bidon de produit antirouille voisinait avec un seau vide et un pot de peinture blanche. À gauche, entre la réserve de bois et des pneus empilés sur la terre battue, étaient entreposés un frigo hors d'usage, une commode au marbre fendu, un montant de lit et une armoire sans portes. À droite, deux bicyclettes auxquelles il manquait la selle ou le guidon attendaient devant une valise ornée d'autocollants et des cartons de vaisselle dépareillée. Au milieu de tous ces objets qui soulignaient le passage du temps et l'insignifiance de l'existence, Manon a repéré une voiture à pédales qui était peut-être celle de Vincent enfant.

– Il peut encore naviguer? demanda-t-elle en se dirigeant vers le 470 qu'elle venait de remarquer dans un renfoncement.

– Bien sûr, répondit Jean qui l'avait rejointe.

On ne voyait du dériveur, dissimulé sous un taud, que sa coque blanche à l'avant de laquelle, à bâbord, son nom était inscrit en lettres noires: *Bora Bora*.

– Mon père avait acheté ce voilier quand j'avais une quinzaine d'années et depuis j'en ai toujours pris grand soin.

Pour le prouver, Jean, d'un geste sec, a soulevé un coin du taud et Manon a entraperçu le pont rouge, le mât et l'accastillage bien rangé.

– En effet, dit-elle en faisant glisser son doigt sur le rebord en bois verni. Et pourquoi *Bora Bora*?

– Papa détestait les voyages, mais des noms dans les atlas qu'il aimait consulter le faisaient rêver: Bora Bora, Acapulco, Tananarive, Galápagos, Arizona... Ça vient de là. Je crois d'ailleurs me souvenir qu'il avait hésité, au moment de baptiser ce voilier, entre Bora Bora et Galapagos.

Éric s'était approché derrière Manon, et, troublée, elle sentait son souffle sur sa nuque.

– On en a fait, dit-il, des régates avec ce 470!

– Il nous est même arrivé d'en gagner! confirma Jean. Et il ne faudrait pas trop nous pousser pour recommencer!

– Dans ce cas, demanda Manon, pourquoi votre bateau reste-t-il sur sa remorque?

– Si ça t'amuse, on peut le sortir cet après-midi.

Devant le visage incrédule de la jeune femme Jean a éclaté de rire puis, comme s'il était las de parler, il est retourné s'asseoir sur sa caisse en bois.

– Merci pour les croissants, chuchota Manon après qu'Éric l'eut raccompagnée à la sortie du hangar.

– Ils étaient bons? murmura-t-il pour prolonger l'intimité qu'inconsciemment elle venait de créer entre eux.

– Délicieux.

Ils ont fait quelques pas dans le jardin. Manon observait Éric à la dérobée. Malgré ses excès d'hier il ne portait sur le visage aucune trace de fatigue et sa barbe naissante, à la lumière du jour, le rendait encore plus séduisant.

– Vous vous êtes bien reposée?

– Oui. Et vous? souffla Manon au moment où son téléphone portable sonnait dans la poche de sa robe.

Elle a froncé les sourcils en voyant s'afficher sur l'écran de l'iPhone le sourire de Vincent. Il avait déjà laissé trois messages depuis son départ, et ce quatrième appel donnait soudain à Manon l'envie d'écraser l'appareil sous son pied ou de courir le jeter dans la mer. Mais à quoi bon puisque Vincent pourrait toujours la joindre à la villa. Indifférente aux sonneries qui s'égrenaient dans sa main, elle regardait Éric s'en retourner vers le hangar. Par jeu, elle décida de ne pas répondre avant qu'il ait disparu de sa vue, et tant pis – ou tant mieux – si elle manquait l'appel.

Lorsque enfin elle a décroché, Manon a perçu du soulagement dans la voix de Vincent.

– Je commençais à me demander où tu étais, dit-il. Mais sans doute t'es-tu levée tard…

– Un peu.

– Tu as de la chance! J'espère que je n'ai pas fait trop de bruit ce matin.

– Je n'ai rien entendu, mentit Manon pour la seconde fois de la matinée.

Son téléphone à l'oreille, elle traversait le jardin que survolaient des papillons blancs. Au-dessus d'elle, le soleil de plus en plus haut illuminait l'azur. Accroupie sous les pins, Claire continuait à photographier des ombres. Elles ont échangé un salut, puis Manon a poursuivi son chemin vers la barrière qui accédait à la plage.

— Le réveil n'a pas été trop dur? demanda-t-elle en s'arrêtant devant les tamaris.

— J'ai connu pire.

— Et la tête?

— Ça allait. Un Aspégic 500 avant le dîner et un autre avant de dormir: voilà le secret. Mais j'aurais quand même dû moins boire. Surtout que je remets ça ce soir avec nos clients belges.

La résistance physique de Vincent, qui lui permettait tous les écarts, étonnait une fois encore Manon.

— Tu as fait bonne route?

— Oui. Il n'y avait personne. J'en ai profité!

— C'est malin.

Vincent, avant de se rendre à l'agence, était passé à l'appartement déposer son sac, prendre une douche et changer de chemise.

— Paris est désert comme si ses habitants ne devaient jamais revenir.

— Va savoir…

À l'instant de franchir la barrière, Manon, d'un revers de la main, a chassé une guêpe qui bourdonnait à son oreille, puis elle a ôté ses sandales pour marcher dans le sable.

Une femme enceinte, un enfant ou des grands-parents se tenaient sous les parasols alors que des couples s'exposaient au soleil. Un chien rapportait un bâton. Une fillette ramassait des coquillages. Deux garçons jouaient au badminton. Là-bas, des enfants criaient et sautaient dans les vagues. Manon elle aussi rêvait de se tremper les pieds, mais comme une récompense qu'elle se promettait à elle-même elle attendait pour cela d'avoir raccroché.

Captivée par les ondulations de l'eau, bientôt elle s'est plu à imaginer Vincent à des milliers de kilomètres, quelque part en Asie ou en Océanie.

— Que vas-tu faire aujourd'hui ? demanda-t-il avec empressement.

— Je ne sais pas. Ton père m'a proposé de sortir le bateau.

— Quel honneur ! Il y a des années que *Bora Bora* n'a pas vu la mer !

Cette manière de parler du 470 en l'appelant par son nom, comme s'il s'agissait d'une personne ou d'un animal, était ridicule, et Manon, agacée, a levé les yeux au ciel.

— J'espère que…

Impatiente d'en finir, elle a laissé son esprit s'envoler sans écouter la suite.

— Allô ? Tu es toujours là ?

— Où veux-tu que je sois ?

— Je te disais que je t'embrasse…

— Moi aussi, souffla-t-elle avant de raccrocher et de laisser retomber son bras.

Son téléphone dans une main et ses sandales dans l'autre, Manon a repris sa respiration, puis elle a jeté un coup d'œil vers le hangar. Éric se tenait à nouveau devant la porte, en plein soleil, et à la pensée qu'il guettait peut-être son retour, elle a souri. Éric était là. Vincent était loin. La vie, aujourd'hui, était bien faite.

ÉRIC ET JEAN revenaient d'essayer le dériveur.

– Tout va bien ? demanda Claire qui les avait attendus au bord de l'eau avec Manon.

– Oui, répondit son mari en remettant pied à terre. Le bateau réagit comme au premier jour.

Manon s'est approchée et Jean l'a aidée à monter à bord et à s'asseoir en face d'Éric.

– La météo est idéale, annonça-t-il. Vous allez vous amuser.

– Viens avec nous !

– Les volets ne vont pas se repeindre tout seuls !

– Ils peuvent attendre ! insista Éric. L'automne n'est pas pour demain !

– Sois gentil, répliqua Jean d'un air faussement ennuyé, et épargne-moi tes discours ! Tu m'as fait perdre assez de temps ce matin !

Un sourire aux lèvres, les deux amis se sont tapés dans la main sous le regard amusé de Manon.

– Vous ne voulez pas nous accompagner ? demanda-t-elle à Claire qui, coiffée d'un chapeau et de l'eau jusqu'aux genoux, tournait autour du voilier en prenant des photos.

– Une autre fois.

– Mais je ne serai plus là!

– J'espère bien que tu reviendras!

– Assez discuté! décréta Jean. Et maintenant, bon vent!

Il s'est glissé à la poupe, et de toutes ses forces il a poussé le dériveur dans les vagues.

Éric barrait et le 470 prenait de la vitesse. Manon, la main accrochée au rebord du pont, regardait la côte se déployer à mesure qu'elle s'éloignait. Là-bas, Jean, les pans de sa chemise flottant sur ses cuisses, et Claire, son chapeau à la main, lui faisaient de grands signes auxquels elle répondait. Comme les nageurs autour d'eux et comme les cerfs-volants dans le ciel, les parents de Vincent rapetissaient à vue d'œil et seraient bientôt invisibles. Au-delà, il y avait du monde sur la plage où la remorque était garée à distance des parasols. Dans la verdure se détachaient des maisons à flanc de colline, et, depuis la mer, le jardin de la Villa Dalila, avec sa pelouse, ses pins et ses massifs de fleurs, était encore plus beau.

Penchée au-dessus de l'eau, Manon observait avec dégoût les méduses blanc et mauve qui flottaient dans le désordre de leurs tentacules et glissaient le long de la coque. Quand elle a relevé les yeux, elle a cru distinguer sur le rivage un attroupement autour d'un tracteur. Aussitôt des images vieilles de seize ans, saturées de lumière, ont ressurgi. Sur ces images au dos desquelles elle aurait pu écrire *Hossegor, août 1997*, figuraient ses parents dans l'éclat de leur jeunesse, et son frère sur qui toutes les filles commençaient à se retourner. Un merveilleux été s'achevait. Un été parfumé à la résine de pin. Un été au goût de sel. Un été de jeux, de promenades, de rires, de pique-niques, de siestes, de baignades. Un été que rien, semblait-il, ne pourrait assombrir. Jusqu'à cet après-midi où Manon, qui se tenait avec lui au bord de l'eau, avait vu son père porter brusquement la main à son cœur et s'effondrer devant elle.

– Demain, j'ai quarante ans, venait-il de lui dire avec un sourire confiant en l'avenir.

Demain, j'ai quarante ans… Après avoir crié, elle répétait ces mots au milieu de ses larmes tandis que sa mère et son frère la rejoignaient et que les badauds accouraient et dessinaient un cercle compact autour de cette famille qui n'en était plus une. L'arrivée des secours, les regards gênés, puis la procession jusqu'à l'ambulance avaient confirmé la fin des vacances – et de l'enfance.

À ce souvenir, une fois encore les larmes brouillaient la vue de Manon. Heureusement elle avait mis ses lunettes de soleil et Éric ne pouvait remarquer son accès de tristesse. Elle a fermé les yeux et pendant quelques instants elle s'est plu à imaginer que rien, jamais, ne s'était passé, que les années avaient défilé en douceur, et que c'était son père, l'homme aux cheveux gris, à la barbe de deux jours et au polo froissé, installé en face d'elle, une écoute à la main.

La plage était loin à présent, et Claire et Jean, deux points colorés. Assourdis par les voiles qui claquaient dans le vent, ou étonnés de se retrouver en tête à tête, Éric et Manon restaient silencieux.

– Tout va bien? demanda Éric au moment où Manon levait les bras pour ôter son tee-shirt.

Captivé par son ventre plat et ses petits seins dont il devinait la forme sous le haut du bikini, il n'a pas écouté la réponse et profitait de porter lui aussi des lunettes noires pour admirer le corps délié de la jeune femme. Puis il a observé avec envie le mouvement de sa main pendant qu'elle s'enduisait d'Ambre solaire le visage, les épaules et les jambes.

Le tube de crème a rejoint le tee-shirt, le bob et les gilets de sauvetage entassés à côté du puits de dérive, et Éric veillait à nouveau à la bonne marche du 470. Consciente de son bonheur, Manon se laissait bercer par les ondulations de la mer en regardant le soleil osciller au-dessus du mât comme s'il se balançait dans le ciel. Le bras tendu, elle laissait tremper ses doigts dans l'eau tandis que des pensées lui traversaient l'esprit. Quelle bonne idée Jean avait eue de sortir le bateau. Combien de temps faudrait-il pour atteindre les îles? Éric, assis sous la grand-voile, avait-il lu *Moby Dick*? Et *Le Marin de Gibraltar*? Et *Le Vieil Homme et la Mer*? Avec ce vent, elle aurait dû attacher ses cheveux. L'odeur de l'iode avait-elle inspiré les parfumeurs? Quand avait-elle été aussi heureuse pour la dernière fois?…

Tout à coup Manon a sursauté en hurlant.

– Je croyais que c'était une méduse! s'écria-t-elle, la main levée, après avoir vérifié qu'aucune forme suspecte ne flottait à la surface.

Éric, devant sa frayeur, a éclaté de rire et s'est moqué d'elle:

– Me voilà bien parti avec une telle équipière!

Manon, elle aussi, riait de son affolement.

– Ne craignez rien! Les méduses sont derrière nous! Ce devait être un requin!

– Ou une baleine!

Le dériveur gîtait de plus en plus et Éric a demandé à Manon de venir s'asseoir de son côté.

— Maintenant, dit-il en lui confiant la barre de safran, c'est vous qui allez nous diriger!

Et, désignant l'horizon, il a ordonné :

— Droit devant!

Loin autour d'eux se découpaient sur l'azur des voiles multicolores, mais Éric songeait qu'ils devaient être les seuls, Manon et lui, à naviguer à bord d'un 470. Devenu rare, ce bateau le ramenait à des après-midi comme celui-ci, il y a vingt ou trente ans, avec Claire et Jean. Ils étaient jeunes, alors, enthousiastes, et curieux de l'avenir. Depuis, la vie leur avait filé entre les doigts en emportant avec elle leurs promesses et leurs dernières illusions. Mais parce qu'aujourd'hui l'amour renaissait dans son cœur, Éric n'avait ni chagrin ni regrets.

— Claire me disait que vous êtes l'un de ses vieux amis…

Comme si elle devinait ses pensées, Manon avait glissé ces mots à l'oreille d'Éric qui s'est retourné en souriant.

— C'est vrai. Quand je l'ai connue, elle n'avait pas vingt ans.

C'était un matin de juin, au Luxembourg. Surpris par une averse, Éric avait couru s'abriter sous un marronnier où se tenait déjà une jeune femme en robe d'été. D'où venait-elle avec ses cheveux blonds, ses yeux gris et son visage étroit qui la faisaient ressembler à un loup des steppes? De Moscou? De Prague? De Varsovie?

— Je suis née à Paris, répondit-elle amusée, et toute ma famille est bourguignonne!

Ils bavardèrent en regardant la pluie arroser le jardin, et une fois tombées les dernières gouttes, il l'invita à prendre un café place Saint-Sulpice.

— Claire était lumineuse, se souvenait Éric, et sa silhouette attirait l'attention. Mais, toujours simple, elle passait son chemin comme si de rien n'était.

— Lumineuse et ravissante, approuva Manon qui se rappelait le dimanche après-midi où Vincent, rue de la Neva, lui avait montré de vieux portraits de sa mère en noir et blanc.

— Elle gagnait sa vie en défilant pour des couturiers, mais elle détestait être une poupée qu'on habille, qu'on coiffe, qu'on admire. Déjà elle ne pensait qu'à la photographie et promenait partout avec elle son Nikon F2. Son travail de ces années-là est d'ailleurs plein de fraîcheur et de poésie.

— J'imagine que tous les hommes, alors, devaient être fous de Claire...

— Pour moi la question ne s'est pas posée car à quelque temps de notre rencontre elle m'a téléphoné : « Ce n'est plus la peine de me faire la cour ! m'annonça-t-elle avec humour. Je viens de rencontrer l'homme de ma vie ! » Bien sûr elle parlait de Jean, dont personne depuis lors n'a réussi à la détourner ! Tant mieux car nous avons eu, lui et moi, un coup de foudre amical, et jusqu'à leur mariage nous étions tous les trois inséparables. Puis il y a eu la naissance de Vincent, les voyages de Jean, les premiers albums de Claire, mon départ pour New York...

Éric s'est interrompu et a jeté un coup d'œil vers le large pour s'assurer que Manon maintenait le cap et qu'aucun bateau ne venait vers eux.

— Que faisiez-vous, à New York ?

Curieuse de cet homme qu'elle désirait et dont elle pressentait l'importance qu'il allait avoir dans sa vie, Manon interrogeait Éric sans crainte de se montrer indiscrète.

— Je travaillais pour la BNP et j'ai épousé une Américaine.

Encouragé par son sourire, Éric — en omettant certains détails — a raconté à Manon sa rencontre avec Lisbeth lors d'une *party* chez des amis, à San Francisco.

Ce soir-là, Howard et Eleanor Penrose, qu'Éric avait connus à New York, pendaient la crémaillère dans leur maison de Pacific Heights. Le jardin en terrasses, planté d'essences rares, offrait sur la baie et le Golden Gate une vue grandiose. Autour de la piscine, à chaque extrémité de laquelle un buffet avait été dressé, se serraient dans un brouhaha ponctué d'éclats de rire des dizaines d'invités. Éric avait remarqué parmi eux une jeune femme vêtue d'une robe très courte qui mettait en valeur ses jambes très longues. Le soleil déclinant enflammait sa chevelure auburn, et un collier polychrome se balançait à son cou tandis qu'elle sautillait pieds nus vers le buffet le plus proche.

Elle revenait avec un verre de rhum lorsque Éric l'aborda.

— J'attends que quelqu'un tombe à l'eau! souffla-t-elle d'un air malicieux en désignant devant eux le rectangle turquoise et lisse comme un miroir.

Lisbeth était une fille spontanée et elle n'hésitait pas, en parlant, à attraper avec ses doigts les quartiers d'orange qui flottaient dans son cocktail. Elle aussi arrivait de New York et elle était heureuse de découvrir San Francisco.

Plus tard, ils se promenèrent dans le jardin et visitèrent la maison. Dans une chambre à l'étage, où ils s'éclipsèrent discrètement, Lisbeth se laissa embrasser, puis elle s'agenouilla sur la moquette. Éric, qui lui caressait les cheveux en regardant par la fenêtre les lumières s'allumer jusqu'à l'océan, songea que lorsque la jeune femme se relèverait, son sexe, qu'elle tenait dans sa main, serait parfumé à l'orange.

Quand ils redescendirent, le vœu de Lisbeth s'était réalisé et ils trouvèrent des invités accroupis au bord de la piscine, le bras tendu, pour secourir une femme soûle et glapissante qui s'agitait au milieu du bassin dans sa robe Yves Saint Laurent.

– Elle ne sait pas nager! Elle ne sait pas nager! répétait son mari jusqu'au moment où, redoublant d'efforts pour l'attirer vers lui, il tomba à l'eau à son tour, sous les regards stupéfaits de l'assistance.

Éric éprouvait un sentiment étrange au souvenir de cette fête et des gens qu'il y avait croisés, dont certains, déjà âgés, devaient être morts depuis longtemps. À commencer par Howard et Eleanor Penrose qui, trois ans plus tard, périrent dans un accident d'avion quelque part au Nouveau-Mexique.

Les jours suivants, Éric et Lisbeth, après avoir reporté des rendez-vous et changé leurs billets de retour, louèrent une Volkswagen décapotable pour longer la côte jusqu'à Los Angeles, où ils reprirent un vol pour New York.

– C'était il y a vingt et un ans, conclut Éric. Lisbeth avait alors trente ans et moi trente-quatre. Nous nous sommes mariés au printemps 1993, et Iris, notre fille, est née à l'automne 1997.

Il y a eu un silence, et, pensif, il a ajouté:

– Les rencontres, les amitiés, les amours, ça tient parfois à si peu de choses…

Puis, levant la tête, il a désigné dans le ciel bleu la trace immaculée d'un avion qui perdait de l'altitude.

– Il arrive de New York, dit-il, et dans vingt minutes il se posera à Roissy. Quand on parle du loup!…

– Il n'est jamais loin!

Éric a poussé la barre pour virer de bord. À son signal, Manon a changé de côté et elle a bordé le foc en sens inverse pour accompagner le mouvement du bateau. Après que la bôme eut basculé, Éric a rejoint Manon à bâbord.

— Peu à peu vous devenez une équipière convenable!

— Sans doute parce que je suis à bonne école!

Ils ont ri, puis Éric a observé la côte qui s'étendait à nouveau devant eux. En distinguant une façade blanche tapie au bord de l'eau, il a repensé à la villa de Long Island. Son refus de l'acheter avait-il précipité la fin de son mariage, ou bien, indépendamment du prix de la maison et des travaux qu'elle nécessitait, son mariage qui battait de l'aile avait-il été la cause de son refus? Comment savoir? Comment savoir si ce jour-là il n'avait pas deviné qu'entre lui et Lisbeth la chute finale était amorcée et leur sort déjà scellé?

Après le départ de l'agent immobilier, ils se promenèrent sur la plage. Les mains dans les poches de son jean, Éric marchait en tête, heureux de n'avoir pas cédé à Lisbeth. Pourquoi s'endetter et se mettre sur le dos une maison de vacances qui risquait de devenir entre eux une source de disputes supplémentaires, quand ils pouvaient continuer à profiter chaque week-end de leur appartement et des possibilités qu'offrait Manhattan? Lisbeth, en pantalon blanc et chemise bleu marine, suivait Éric. Le visage fermé, elle ne cachait pas sa déception et balayait d'un regard absent la mer que la lumière rendait aveuglante. Derrière elle, Iris, accablée de chaleur et son tee-shirt couvert de chocolat, mangeait une glace en traînant les pieds. Demi-tour.

La climatisation de la Chrysler était en panne et Lisbeth, munie d'une carte routière trouvée dans la boîte à gants, s'éventait entre deux soupirs. Ayant compris que son mari n'achèterait pas plus cette villa qu'une autre, elle ne desserra pas les dents jusqu'à New York. Iris, après avoir pleurniché, s'était endormie sur la banquette arrière. Attentif à la route et indifférent à la colère de sa femme, Éric pensa que ce devait être ce genre de silence qu'on appelait un silence de mort.

À mi-chemin, le soleil disparut et le temps tourna à l'orage. Une fois franchis le pont de Queensboro et Roosevelt Island, des éclairs zébrèrent le ciel au-dessus des buildings et la pluie se mit à ruisseler sur le pare-brise comme si la météo voulait s'accorder à l'ambiance explosive qui régnait dans la voiture et préparer Éric à la scène que lui ferait Lisbeth sitôt rentrés chez eux.

— Quel con! s'exclama Éric en regardant s'éloigner le Chris-Craft qui venait de leur couper la route. La mer n'est pas assez grande!

Lancé à pleine vitesse, le canot glissait vers l'horizon dans une gerbe d'écume que le soleil irisait. À la surface de l'eau s'élargissait un faisceau de vagues qui secouait le dériveur et chahutait Éric et Manon dont les jambes se frôlaient pour la première fois.

Le 470 revenait vers la plage au vent arrière. Éric, après avoir laissé choquer les voiles et lancé le spi, contemplait Manon qui pour stabiliser le bateau avait retrouvé sa place à tribord.

— Il y a longtemps, demanda-t-il, que tu es avec Vincent?

Surprise par ce tutoiement — mais reconnaissante à Éric d'abolir la distance que le vouvoiement maintenait entre eux —, Manon a eu un coup au cœur. Et, songeant aux couples qui dans les livres ou les films se tutoient après qu'ils ont fait l'amour, elle lisait l'avenir. «Au moins, se dit-elle, nous aurons échappé à ce cliché!»

Éric gardait les yeux fixés sur Manon en attendant sa réponse.

– Quatre ans et cinq mois, a-t-elle précisé à la manière des enfants lorsqu'ils annoncent leur âge.

Le visage impassible malgré des pensées désagréables, Éric a hoché la tête.

– Vincent et moi c'est compliqué, dit-il avant de se taire comme si cet aveu lui coûtait ou que, conscient d'en avoir trop dit ou pas assez, il réfléchissait à ce qu'il allait ajouter.

– J'ai remarqué, répondit Manon, curieuse d'entendre la suite et de comprendre le mouvement d'humeur de Vincent, l'autre soir, sur la plage.

– Quand il était petit, nous passions des heures à jouer ensemble au ballon ou à chat perché, à fabriquer des goélettes avec des os de seiche, à construire des châteaux forts ou à creuser des bassins.

Éric savait aussi déclencher les rires et les applaudissements de l'enfant quand pour le distraire il traversait la pelouse sur les mains, faisait la grenouille, ou improvisait avec un drap et une lampe un spectacle d'ombres chinoises.

– Claire et Jean m'ayant demandé d'être le parrain de leur fils, j'essayais de tenir mon rôle!

Un sourire flottait sur le visage de Manon.

– Bien sûr, après mon départ pour New York nous nous sommes moins vus. Mais lorsque à mes retours en France nous nous retrouvions, il y avait encore de la joie et des jeux.

À nouveau Éric a hoché la tête, pour appuyer ce qu'il disait, ou se convaincre que tout cela avait bien existé.

– Et puis, reprit-il, Vincent a grandi et nous nous sommes perdus en chemin, lui et moi. Sans que je sache pourquoi, il est devenu froid et distant. J'avais beau aller vers lui, m'intéresser à lui, rien n'y faisait. Comme si je l'exaspérais, ou que ma présence auprès de ses parents l'importunait ou lui retirait quelque chose. De l'attention? Du temps? De l'amour? Qui sait? L'avais-je blessé sans m'en rendre compte? M'étais-je un jour, par un mot, un geste, montré maladroit? Mais où? Mais quand?

— Vous n'avez jamais essayé de lui parler?

Éric a souri et Manon, troublée, s'est reprise:

— Tu n'as jamais essayé de lui parler?

— C'était impossible, il me fuyait. Et quand par hasard il ne me tournait pas le dos, j'avais devant moi un mur.

— Et Claire et Jean, qu'en disaient-ils?

Éric a haussé les épaules.

— Rien. Les rares fois où j'ai abordé la question avec eux, ils ont esquivé. Jamais ils n'auraient donné tort à Vincent. C'est leur fils. Il est intouchable. Sujet tabou.

Ces derniers mots éveillaient en Manon des résonances particulières.

— Je pensais que les choses finiraient par s'arranger. Je me suis trompé. Quand nous nous voyons je fais en sorte d'éviter les frictions, mais j'ai depuis longtemps renoncé à comprendre Vincent.

Éric s'est tu, et devant son silence au milieu duquel on n'entendait que le bruit des voiles et le clapotis de l'eau contre la coque, Manon – qui n'en savait pas beaucoup plus – se demandait s'il la dévisageait ou si un détail, ailleurs, retenait son attention.

— Moi non plus, dit-elle, je ne comprends plus Vincent. Plus du tout.

Éric a plissé le front et Manon n'aurait pu dire si c'était de sa part une réaction de surprise ou une marque d'intérêt.

Protégée de son regard qu'il continuait à cacher derrière ses lunettes noires, bientôt elle lui a confié sa déception, ses doutes et son chagrin, avec l'impression que tout ce qu'elle disait était sans conséquence, que ses mots aussitôt proférés s'évanouissaient dans l'espace, et qu'il n'en resterait rien à son retour sur la plage.

— AH, S'ÉCRIA CLAIRE, voilà notre petite robe blanche!

Manon a traversé la terrasse et Jean lui a tendu une coupe qu'Éric venait de servir.

— Après une sortie en mer, dit-il, rien de mieux que le champagne pour redescendre sur terre! Crois-en mon expérience!

— On trinque? proposa Claire.

— Avec plaisir, approuva Éric.

— Au soleil! s'exclama Jean.

— À l'été! annonça Claire.

— Aux méduses! plaisanta Éric.

— Aux baleines! répondit Manon.

— À la vie! lança Claire.

— À la vie! répétèrent les autres tandis que les coupes s'entrechoquaient.

Ce soir encore, après leur douche, tous ils avaient choisi des vêtements décontractés. Éric portait un jean, et sa chemise bleu ciel, largement ouverte, accentuait le bleu de ses yeux. Les cheveux ramenés en arrière, Jean était vêtu d'une chemise blanche et d'un pantalon de toile beige. Fidèle à Guerlain, il avait délaissé Vétiver pour Habit Rouge qui n'évoquait à Manon aucune passion amoureuse mais seulement le visage banal de son banquier. Claire, avec sa robe noire, paraissait encore plus mince. Et Manon, qui les observait tous les trois, essayait de les imaginer avec trente ans de moins.

— «Élégantes en noir et blanc»! s'extasia Jean en contemplant les deux femmes côte à côte.

– Belle image, releva Éric.

– À force de vivre avec une photographe, j'acquiers des réflexes!

– Et moi, plaisanta Claire devant les mains tachées d'enduit de son mari, j'ai l'impression de vivre avec un peintre en bâtiment!

Après quoi, désignant la broche épinglée sur sa robe, elle s'est tournée vers Manon.

– Tu as vu?

– Ce cher Marius! Je suis heureuse que vous l'ayez si vite adopté!

Claire faisait soudain la moue.

– Tu continues à me vouvoyer alors que tu tutoies Éric! Je vais finir par me vexer!

Jean leur offrait des olives noires et des biscuits salés.

– Ne t'inquiète pas, dit-il à Manon. Claire adore qu'on lui témoigne de la déférence!

– De quoi je me mêle! répliqua celle-ci en donnant un coup de poing dans l'épaule de son mari pour effacer son sourire moqueur.

– La mer, ce soir, était délicieuse, dit Éric après avoir recraché dans sa main un noyau d'olive.

Au retour de la promenade en bateau, il avait aidé Jean à remonter le 470 jusqu'au hangar, puis ils étaient redescendus sur la plage où Claire et Manon les attendaient pour se baigner.

– Délicieuse, confirma Claire. J'aurais pu y rester des heures…

– En plus, nota Jean, les rouleaux avaient la hauteur réglementaire !

Une partie de pétanque dans le jardin avait suivi, et Éric donnait un conseil à Manon quand Claire s'était étonnée :

– Tiens, vous vous tutoyez maintenant ?

– C'est normal entre marins ! avait répondu Jean, les yeux fixés sur la boule qu'il venait de placer à côté du cochonnet.

Déterminées à les battre, Claire et Manon n'hésitaient pas, dès qu'Éric et Jean avaient le dos tourné, à déplacer avec leur pied les boules ou le cochonnet. À chaque fois elles se faisaient prendre, et les hommes, amusés mais obstinés, remettaient les choses à leur place avant de poursuivre la partie.

– Vous auriez tout de même pu avoir la galanterie de nous laisser gagner ! protesta Claire.

– Alors que vous n'arrêtiez pas de tricher ! railla Éric. Et puis quoi encore ?

– Tu oublies, intervint Jean, qu'après le match de tennis d'hier j'avais une revanche à prendre !

Malgré les biscuits qu'elle mangeait, Manon sentait l'ivresse monter en elle. Détendue comme lorsque après sa toilette elle avait laissé le jet d'eau chaude de la douche couler longtemps sur sa nuque, elle était absorbée par le spectacle du soleil à l'horizon et n'entendait pas la sonnerie dans le salon.

– Téléphone ! s'écria Jean.

Claire est revenue sur la terrasse, le combiné à l'oreille.

– Tu ne nous déranges pas, disait-elle. Nous prenons un verre dehors. Ça va ? Tu n'es pas trop fatigué ?

Elle avait mis le haut-parleur et tout le monde écoutait la conversation que parasitaient des bruits de circulation.

– Non. Je suis arrivé à Bruxelles et je vais dîner avec nos clients.

Manon a reconnu la voix de Vincent, et si, comme Éric, ils l'avaient regardée à cet instant, Claire et Jean auraient vu de la contrariété sur son visage.

– J'espère pour toi qu'ils ne vont pas t'emmener faire la tournée des grands-ducs, sinon tu n'es pas couché. Les Belges sont de tels fêtards…

– Si ça peut faire avancer nos affaires, pourquoi pas.

– Je suppose que tu veux parler à Manon.

– Oui. Elle est là?

– Devant moi. Je te la passe. Bonne soirée. Je t'embrasse.

Quand Claire lui a tendu le combiné, Manon a senti son irritation monter d'un cran. Quel besoin Vincent avait-il de la rappeler? Ne pouvait-il donc pas lui fiche la paix?

– Je suis heureux de t'entendre. Il y a une heure que j'essaie de te joindre.

Ce soir encore il y avait du soulagement dans sa voix, mais aussi de la joie et de l'étonnement, comme si Vincent avait craint de ne jamais reparler à Manon.

– J'ai laissé mon portable dans la chambre, dit-elle, consciente qu'il s'agissait d'un acte manqué plus que d'un oubli.

– Tu as passé une bonne journée?

– Excellente.

– Vous avez sorti *Bora Bora*?

Ce qu'il pouvait être agaçant avec son *Bora Bora*!

– Oui, répondit Manon. Cet après-midi.

Avant d'ajouter, sibylline:

– J'ai appris beaucoup de choses. C'était très intéressant…

Vincent feignait l'enthousiasme:

– Papa t'a fait faire du trapèze?

– J'étais seule avec Éric, lâcha Manon.

Désarçonné, Vincent a toussé pour se donner une contenance.

– Tu n'avais qu'à être là! lança Jean à son fils en s'approchant du combiné.

Manon en avait assez de cette conversation. Elle a profité de ce que Claire et Jean recommençaient à parler entre eux pour s'isoler à l'autre bout de la terrasse et couper discrètement le haut-parleur.

– Et avec Éric, comment ça se passe?

Il n'y avait plus ni soulagement, ni joie, ni étonnement dans la voix de Vincent, mais seulement une inquiétude qui ne déplaisait pas à Manon.

– Bien, dit-elle. Et même très bien. Que lui reproches-tu? Il est charmant, non?

Le silence, au bout du fil, était éloquent, et Manon, lasse de répondre aux questions de Vincent, savait qu'elle venait de marquer un point.

– Et toi, demanda-t-elle pour éviter qu'il reprenne son interrogatoire, comment vas-tu depuis ce matin?

– J'en ai assez de rouler.

– Une fois n'est pas coutume. Quel temps fait-il à Bruxelles?

– Beau. Mais il devrait pleuvoir cette nuit.

Arrivé sur la place du Grand-Sablon, Vincent faisait le tour de la fontaine de Minerve avant de se diriger vers la rue de Rollebeek, où il avait rendez-vous, et Manon entendait résonner ses pas dans le creux de son oreille.

– Je serai à Paris demain après-midi, annonça-t-il. Je viendrai te chercher à Montparnasse, si tu veux.

– C'est inutile. Je rentre en voiture avec Éric.

Ignorant la réponse de Manon, Vincent a poursuivi :

– Tu as un train à 15 h 16 qui arrive à Paris à 18 h 19, un autre à 15 h 54 qui arrive à 19 h 46, et encore un autre à 16 h 42 qui arrive à 20 h 45.

Même s'il donnait l'impression de les avoir appris par cœur, Manon, habituée à sa prodigieuse mémoire, savait qu'il avait suffi à Vincent de lire une seule fois ces horaires pour s'en souvenir.

– Choisis le train qui t'arrange, et je t'attendrai à l'arrivée pour t'emmener dîner.

Que se passait-il ? Pourquoi tous ces efforts ? Pourquoi toutes ces bonnes intentions ?

– C'est inutile, répéta Manon. Je rentre en voiture.

Lorsqu'elle s'est retournée, Éric bavardait avec Jean, mais ne la quittait pas des yeux. Liés par leurs confidences sur le bateau, et parce que sans le savoir ils formaient déjà un couple dans un coin de leur tête, ils ont échangé un regard où se mêlaient le désir et la complicité.

– Tu es sûre ? insista Vincent. Dans le train, tu pourrais lire, dormir…

– En voiture aussi je peux dormir.

Conscient que ce n'était pas un argument, Vincent a fait une nouvelle tentative :

– Je serais plus tranquille de te savoir dans le train. La voiture, c'est dangereux.

Manon, à ces mots, n'a pu s'empêcher de rire.

– C'est toi qui me dis ça! Toi qui roules comme un dingue et à qui il ne reste plus que quatre points sur ton permis!

– Il ne s'agit pas de moi, mais des autres. L'été, les gens ont le temps de vivre, ils sont euphoriques, et c'est comme ça qu'arrivent les accidents. Et puis, en voiture, il y a toujours le risque d'être coincé dans les embouteillages…

Manon finissait par comprendre que Vincent ne l'appelait que pour la dissuader de rentrer avec Éric.

– Je prends ce risque, répondit-elle en même temps que des touristes italiennes piaillaient dans le combiné.

Vincent avait épuisé toutes ses ressources et il s'en voulait de n'avoir pas su se montrer persuasif.

– Comme tu voudras, a-t-il murmuré, vaincu, avant d'embrasser Manon et de lui répéter qu'il l'aimait.

Jean voulait parler à son fils et Manon a retraversé la terrasse pour lui passer le téléphone.

– Désolée d'avoir coupé le haut-parleur, a-t-elle menti pour la troisième fois de la journée. J'ai dû faire une mauvaise manipulation. Mettre le doigt où il ne fallait pas…

Jean, avec un sourire affable, a appuyé sur un bouton et tout le monde pouvait à nouveau entendre Vincent.

– Pourquoi, lui demanda celui-ci, n'étais-tu pas en mer avec Manon?

– Je repeignais les volets. Mais j'ai essayé le bateau et tout allait bien. Dommage qu'on ne l'ait pas sorti hier. Tu aurais pu en profiter.

– Et s'il y avait eu un problème? demanda encore Vincent sur un ton de reproche.

– Quel problème? Puisque je te dis que tout allait bien!

— « Sur un dériveur, on ne sait jamais ce qui peut arriver. »
Combien de fois me l'as-tu répété ?

Étonné par la réaction de son fils, Jean se demandait quelle
mouche l'avait piqué.

— C'est vrai, admit-il. Mais tu sais bien qu'Éric est un excel-
lent marin et qu'avec lui Manon ne craignait rien. La preuve !

Comme si Vincent pouvait vérifier à travers l'appareil qu'ils
étaient l'un et l'autre en parfaite santé, Jean, d'un geste de la main,
désignait son ami et la jeune femme debout devant lui.

Pendant que les autres finissaient la bouteille de champagne,
Jean, pour faire diversion, a raconté à son fils leur bain de mer et
la partie de pétanque.

— Ensuite, dit-il, ta mère et Manon ont disparu dans la cuisine pendant que je mettais le couvert avec Éric.

Manon avait en effet aidé Claire à préparer le dîner. Ensemble
elles avaient assaisonné le poulet, cuit la ratatouille, débouché une
bouteille de chinon, disposé les fromages sur un plateau et les
fruits dans une corbeille. Et tandis que Claire sifflotait, Manon,
heureuse à l'idée de se glisser sous la douche puis de profiter de la
soirée avec Éric, promenait sur le carrelage ses pieds nus couverts
de sable, et sur son visage encadré de cheveux mouillés, l'éclat
d'un bonheur qui la transfigurait.

La conversation téléphonique s'éternisait, et devant l'horizon
qui il y a encore quelques minutes la ravissait, Manon se mordait
les lèvres à l'idée que demain, à cette heure-là, elle serait à Paris,
sous un ciel peut-être gris, face à Vincent, et séparée d'Éric.

Debout en haut des marches, ce dernier écoutait Jean et son
fils.

«Comment trouvent-ils autant de choses à se dire, se demandait-il, alors qu'ils se sont vus hier?»

Vincent était en avance à son rendez-vous et il avait fait plusieurs fois le tour de la place du Grand-Sablon pour contempler les façades des maisons, regarder les vitrines, ou admirer les flèches de Notre-Dame du Sablon. Et maintenant que la rue de Rollebeek s'ouvrait devant lui, avec ses pavés, ses bistrots et ses terrasses, on entendait dans les parages beaucoup d'animation.

— Il faut que je te laisse, dit-il à son père. Je suis arrivé.

Soulagée, Manon guettait l'instant où Jean allait raccrocher.

— Où dînes-tu?

— À La Tortue du Sablon.

— Ça existe encore La Maison du Cygne?

— Comment veux-tu que je sache? Je connais à peine Bruxelles et je n'y étais pas revenu depuis des années.

Jean s'est tourné vers sa femme:

— Quel était le nom de ce restaurant, à deux pas de la Grand-Place, où nous sommes allés plusieurs fois? Le?... Le?... Le?...

— Le Marmiton, répondit Claire sans hésiter.

— C'est ça! Le Marmiton! s'exclama Jean qui s'adressait à nouveau à son fils. Je te recommande la carbonnade de bœuf à la Leffe brune pommes frites! Une merveille!

— Je dîne à La Tortue du Sablon, répéta Vincent.

— Oui. Mais demain...

— Demain, je rentre à Paris.

Claire avait demandé à reparler à Vincent.

— J'ai oublié de te dire que Manon continue à me vouvoyer alors qu'elle tutoie Éric! Je suis très jalouse!

Manon l'imaginait prononçant ces mots.

«Il n'aurait plus manqué que ça!» pensa-t-elle après que Claire se fut ravisée.

– Raccroche, souffla celle-ci. Tu le retardes.

– Bonne soirée, dit Jean. Je t'embrasse. Nous t'embrassons tous.

Et, avec la confiance et l'optimisme qu'il témoignait depuis toujours à son fils, il a prédit :

– Ton projet sera retenu ! J'en suis sûr !

Lorsque Jean a enfin posé le combiné, Manon, délivrée d'un poids, a cherché le regard d'Éric.

Les coupes étaient vides. Il n'y avait plus ni olives noires ni biscuits salés.

– Si nous passions à table ? proposa Claire.

MANON N'ÉTAIT JAMAIS MONTÉE dans une voiture aussi basse, et son impression d'être assise sur le bitume amplifiait sa sensation de vitesse. Tandis que l'Alfa Romeo filait dans la campagne, elle se laissait bercer par le ronflement du moteur dont elle écoutait les mugissements et les baisses de régime lorsque Éric, dans une ligne droite ou à l'approche d'une courbe, manipulait le levier de vitesses.

« On se croirait au rallye de Monte-Carlo », pensa-t-elle en se rappelant les routes verglacées, les virages en épingle à cheveux et la neige sur les talus, qu'elle avait vus à la télévision.

Il n'y avait pourtant que verdure et ciel bleu dans le paysage rapide qui défilait derrière sa vitre, et par moments, le soleil, à travers les feuillages, projetait sur ses jambes une lumière rampante et clignotante.

L'habitacle étroit formait un écrin où Manon se sentait protégée. Elle examinait le tableau de bord en bois dans lequel étaient encastrées la radio et une horloge miniature, le pommeau et le soufflet du levier de vitesses, les compteurs orientés vers le conducteur, et le volant à trois branches orné du sigle Alfa Romeo. L'ensemble donnait une apparence de confort et d'élégance, et contribuait à créer une ambiance intime. Puis Manon a remarqué, collées les unes en dessous des autres à droite du pare-brise, de vieilles vignettes où elle pouvait lire en transparence : 75, 76, 77.

— Cette voiture est de quelle année ? demanda-t-elle.

— 1972 ! C'est ma première voiture ! Je l'ai achetée sur un coup de tête !

Les yeux fixés sur la route, Éric avait soudain l'air d'un enfant ravi de son jouet.

Il se souvenait comme si c'était hier du jour où, en mars 1975, il avait repéré cette Alfa Romeo Coupé Bertone, à l'angle de la rue de Courcelles et de la rue Cardinet. Sa carrosserie métallisée étincelait sous le soleil, et en s'approchant il découvrit sur les vitres latérales des affichettes où il était écrit au feutre noir : *À vendre*. Il fit le tour de la voiture, scruta la peinture, inspecta l'habitacle, vérifia le kilométrage, et releva le numéro de téléphone indiqué. Le soir même, après qu'il l'eut essayée, l'Alfa Romeo était à lui.

— Toutes mes économies y sont passées, mais en descendant les Champs-Élysées pour rentrer chez moi, le roi n'était pas mon cousin !

Cette voiture était liée à la vie insouciante, faite de sorties, de rencontres, de voyages, qu'Éric avait menée jusqu'à son départ pour l'Amérique. Il se rappelait les autoroutes la nuit et les milliers de kilomètres engloutis à travers l'Europe, mais aussi les auto-stoppeuses plus ou moins jolies qui avaient posé leurs fesses sur le siège où Manon était assise. Et parfois il se demandait ce qu'étaient devenus les milliers de visages croisés alors – les milliers de voitures et leurs passagers.

— Je suis très attaché à cette Alfa Romeo, confia Éric en songeant que ce coupé, qui durant toutes les années où il vivait à

New York l'avait attendu à Paris, était, avec quelques amis, l'une des dernières choses tangibles qui le reliaient à sa jeunesse.

Manon observait les essuie-glaces rabattus l'un au-dessus de l'autre au milieu du pare-brise et le capot argenté qui semblait aspirer le ruban de bitume déroulé devant lui. C'était étrange de penser que cette voiture circulait déjà dix ans avant sa naissance. Il ne manquait que la climatisation, et Manon se félicitait d'avoir mis un jean plutôt qu'une robe et de ne pas devoir supporter sous ses cuisses nues le skaï brûlant.

— Ça va? Tu n'as pas trop d'air?

Éric avait baissé sa vitre et conduisait, les cheveux au vent et le coude appuyé à la portière.

«C'est l'été. Tu es là. Tout va bien.»

Manon aurait aimé pouvoir dire ces mots, mais quelque chose l'en empêchait.

— C'est agréable, répondit-elle. Il fait si beau.

Ils traversaient un hameau, à l'ombre des marronniers. Sans entendre le bourdonnement de la tondeuse derrière la haie, ils respiraient une odeur d'herbe coupée qui évoquait à Éric des week-ends en Sologne, et à Manon, un séjour linguistique dans le Surrey. Quand à nouveau la lumière a brillé devant eux, Éric, ébloui, a abaissé le pare-soleil.

Puis il a repensé à la soirée d'hier. À l'appel de cet emmerdeur de Vincent. Et au moment où, après le dîner, Manon feuilletait le dernier album de Claire à la lueur du photophore en faisant rouler sur sa joue son verre de vodka pour se rafraîchir. Après quoi, tout le monde avait traversé le jardin jusqu'à la plage. Le pinceau d'un phare, loin sur la côte, fouillait la nuit. Un rayon de lune donnait à la silhouette de Manon une apparence fantomatique. Jean, son bras entourant les épaules de Claire, suivait dans le ciel étoilé la course d'un satellite. Au retour, le spectacle de la Villa Dalila, lumières allumées, était féerique.

– Désolée, j'ai oublié les gobelets.

La voix de Manon, qui lui tendait une bouteille d'eau minérale, a sorti Éric de ses rêveries.

Toujours attentif à la route, il s'est désaltéré comme s'il n'avait rien bu depuis des jours et de l'eau dégouttait de son menton sur sa chemise et son pantalon.

– Tu n'es pas obligé de gaspiller nos réserves!

Lorsque à son tour elle a porté le goulot à sa bouche, Manon a ressenti de l'excitation à l'idée que, même indirectement, ce rond de plastique lui offrait son premier contact avec les lèvres d'Éric. Et tandis que l'eau coulait dans sa gorge, elle se demandait si elle ne l'avait pas laissé boire le premier parce qu'elle n'osait l'embrasser.

– Maintenant, dit Éric après que Manon eut reposé la bouteille à ses pieds, je me damnerais pour une glace au café!

– Pense à ta chemise et à ton pantalon!

– Qui te dit que je la mangerais en conduisant?

Éric se rappelait les glaces au café dégustées à Isola Bella, il y a longtemps, et l'air cérémonieux du marchand chez qui il se rendait chaque après-midi, avec ou sans Lisbeth, durant leurs vacances sur le lac Majeur.

– On doit pouvoir trouver une glace au café sur la route, non?

– Je parle d'une glace artisanale et délicieusement parfumée comme en font les Italiens! Pas d'une cochonnerie industrielle pour touristes américains!

– Dans ce cas, ça se complique!

Après avoir franchi une rivière et dépassé une allée de peupliers, l'Alfa Romeo longeait un champ à l'herbe jaunie où des vaches, privées d'ombre, étaient étendues en plein soleil.

– Les pauvres, murmura Manon. Ce n'est pas une vie…

Puis une ferme flanquée d'un bâtiment agricole est apparue, dont le toit en ardoise brillait dans la lumière. Au milieu de la cour, où étaient garés un pick-up et un tracteur, des poules s'égaillaient alors qu'un berger allemand tirait sur sa chaîne en hurlant sa rage ou son désespoir dans cette journée d'été qui semblait le rendre fou.

– Quelle hécatombe!

Manon, avec une joie cruelle, désignait les dizaines d'insectes écrasés sur le pare-brise.

– Bientôt tu devras piloter aux instruments!

Cette vision a réveillé le souvenir de ses promenades à bicyclette, quand elle était enfant, et des mouches, des abeilles, des guêpes qui, effleurant son visage, lui faisaient fermer les yeux au risque de perdre l'équilibre ou de quitter la route.

– Si je mettais en marche les essuie-glaces, répondit Éric, le remède serait pire que le mal et tu devrais passer la tête par la fenêtre pour me guider!

– Alors il n'y aurait plus seulement des insectes sur le pare-brise!

Ils ont rejoint la Nationale, et Éric, après une accélération pour doubler un semi-remorque, s'est rabattu.

– L'autre soir, dit-il en caressant ses joues râpeuses, il était question de la galerie dont tu t'occupes…

— Une galerie d'art océanien.

— Depuis longtemps?

— Six ans.

Après ses études à la Sorbonne et à l'École du Louvre, Manon cherchait du travail.

— J'avais peu d'enthousiasme, mais beaucoup d'exigences! Je voulais voyager, échapper aux horaires, à la vie de bureau…

— Ça commençait bien!

Ses recherches restant vaines, Manon s'était d'abord contentée de missions ponctuelles pour des expositions, des musées, des antiquaires.

— Ce n'était pas toujours bien payé, mais au moins je conservais ma liberté. Et puis, je rencontrais des gens. Je nouais des contacts.

Jusqu'au soir où, au hasard d'un dîner chez un sculpteur qu'elle connaissait à peine, Manon avait retrouvé Jérôme.

— Il était dans la classe de mon frère, à Montpellier, et traînait souvent à la maison. Notre mère l'adorait parce qu'il était drôle et bien élevé!

Jérôme venait d'ouvrir, rue Guénégaud, une galerie d'art océanien.

— Nous nous sommes revus, et à quelque temps de là il m'a proposé de travailler avec lui en m'offrant sur un plateau tout ce que je voulais! Quelle chance j'ai eue quand j'y pense!

— On dirait!

La galerie avait pris de l'essor et le tandem fonctionnait d'autant mieux que Jérôme aimait s'occuper de la gestion et recevoir les clients quand Manon ne pensait qu'à sauter dans un train ou un avion pour aller, en France ou ailleurs, assister à des ventes et rencontrer des collectionneurs.

– Certains sont de doux dingues prêts à tout pour acquérir un objet qu'ils convoitent parfois pendant des années. Leur monomanie, leur culture, leur œil, leurs excès en font souvent des êtres fascinants.

Même lorsque des difficultés se présentaient, jamais il n'y avait de conflit entre Manon et Jérôme.

– Nous restons unis dans l'adversité! Surtout qu'Angèle, la femme de Jérôme, était dans mon groupe d'amis quand nous avions dix-huit ans!

– Le monde est un mouchoir de poche, constata Éric en se demandant ce que Jérôme et Angèle pouvaient bien penser de Vincent.

Était-ce le coupé Alfa Romeo? La route sous le soleil? La bétaillère qu'ils suivaient tout à l'heure? Manon, depuis quelques minutes, pensait aux *Choses de la vie* et à la manière subtile et aussitôt identifiable qu'avait Claude Sautet de filmer les couples dans les voitures. À ces moments suspendus où, dans une expression, un regard, un geste, un silence, il savait comme personne capter la vie et créer l'émotion.

«Tu n'as plus vingt ans. On n'a plus vingt ans.»

Alors qu'elle revoyait Romy Schneider et Michel Piccoli dans l'Alfa Romeo Giulietta Sprint après un dîner, ou Romy Schneider et Yves Montand dans la Plymouth Fury au retour d'un mariage, tout à coup Manon s'est rappelé avoir entendu ces mots, repris en chœur par Claire, Éric et Jean, avant-hier, sur la terrasse, dans *Vincent, François, Paul et les autres...*, après que Michel Piccoli

a diagnostiqué l'infarctus d'Yves Montand. *Les Choses de la vie.*
César et Rosalie. Vincent, François, Paul et les autres... Un de ces
jours, il faudrait qu'elle revoie ces films qu'elle aimait tant.

Quand Éric a allumé la radio pour écouter les informations,
son image s'est confondue dans l'esprit de Manon avec celle
de Michel Piccoli dans la même situation, et elle s'attendait à
entendre comme lui l'allegro de *La Notte*, de Vivaldi. Mais la
voix adolescente de Michael Jackson, qui chantait *One Day In
Your Life*, l'a ramenée au premier été sans son père et à une disco-
thèque où elle allait s'étourdir avec son frère et ses amis. Les nuits
étaient longues, et, grisée par ses premiers succès avec les garçons,
elle ne se lassait pas de sentir les regards posés sur elle quand elle
s'amusait sur la piste. À l'aube, quelques silhouettes s'attardaient
au bar dans une odeur d'alcool et de tabac froid, que la chanson
de Michael Jackson, douce comme une berceuse, encourageait à
rentrer dormir. Manon s'approchait des fenêtres et avec son ongle
elle grattait la peinture noire qui recouvrait les vitres, pour voir le
ciel pâlir au-dessus de la mer comme une promesse – la promesse
qu'était alors sa vie. Derrière elle, seul son frère, les yeux fermés
et un verre à la main, continuait à danser. Puis il allait rejoindre,
pour l'embrasser et l'aider à se lever, une fille qui bâillait sur un
canapé. Cette grande fille blonde, aux yeux violets et au prénom
hollandais, qu'il aimait cet été-là.

Au bout d'une plaine zébrée de sillons courait le mur d'enceinte
d'une propriété enfouie sous les arbres. Replié sur lui-même et à
l'abri des regards, l'endroit intriguait Manon. Qui donc se cachait
là ? Et depuis combien d'années ? Alors que la plaine, le mur, les
arbres se déplaçaient lentement et disparaîtraient bientôt de sa

vue, elle imaginait, au crépuscule, des feux allumés dans le parc, des chiens à l'affût des rôdeurs, et dans la demeure où le soir tombait dans les miroirs, des bougies en train de se consumer sur des candélabres en argent, des ombres furtives, des parfums lourds, un cliquetis de bracelets, et le tintement des coupes en cristal qu'on entrechoque avec un sourire...

Plus que le pont de chemin de fer orné de graffitis ou le side-car arrêté au bord de la route, un petit nuage blanc, au-dessus d'un champ de maïs, venu narguer l'été et lui rappeler que l'automne reviendrait, attirait l'attention de Manon. Avec sa forme de fox-terrier au ventre rebondi, ce petit nuage blanc ressemblait à Milou parti à la recherche de Tintin dans l'immensité bleue qui aujourd'hui recouvrait le monde. Au-delà de cette interprétation poétique, le nuage ramenait Manon à Vincent et à la menace qui désormais planait sur eux.

— Va te tuer, imbécile! grommela Éric à l'adresse du motard qui, couché sur sa machine, venait de le dépasser et filait comme l'éclair.

Car, habitué à rouler vite, Éric ne l'était pas à être doublé.

— Il allait au moins à 200 km/h! protesta-t-il comme s'il venait de subir un affront.

Depuis qu'ils étaient sur l'autoroute, Éric, son compteur bloqué à 160 km/h, occupait la file de gauche, et il fallait les coups de klaxon ou les appels de phares d'automobilistes encore plus rapides que lui pour qu'il cède le passage.

«Pourquoi les hommes, se demanda Manon en songeant à tous ceux qu'elle avait connus depuis son père jusqu'à Vincent, deviennent-ils fous avec un volant dans les mains?»

Éric a accéléré comme s'il voulait rattraper la moto, et Manon imaginait avoir un accident. Envisageant la sortie de route, l'éclatement d'un pneu ou la collision, une fois encore elle a pensé aux *Choses de la vie* et à Michel Piccoli à demi inconscient au milieu des coquelicots après que son Alfa Romeo a percuté la bétaillère qui lui barrait la route, rebondi contre le camion qui arrivait en sens inverse, traversé une clôture en faisant plusieurs tonneaux, et fini sa course contre un pommier avant de prendre feu.

Depuis qu'elle avait vu son père s'effondrer sous ses yeux, Manon savait que la mort pouvait frapper à tout instant. Alors pourquoi pas maintenant, ou dans cinq minutes, ou dans une heure, sur cette quatre-voies qui traversait un paysage de prés et de bosquets? Même si elle était curieuse de l'avenir, elle trouvait romanesque l'idée d'arrêter le temps et de disparaître en pleine jeunesse, un jour d'été, au côté d'un homme dont elle tombait amoureuse.

Qui, alors, préviendrait-on en premier? Sa mère? Son frère? Vincent? Jérôme? Manon devinait l'embarras des gendarmes venus sonner à la porte pour annoncer la nouvelle:

— Votre fille s'est tuée en voiture, cet après-midi, en Normandie.

Ou, croyant bien faire, peut-être emploieraient-ils cette expression idiote:

— Votre fille «a trouvé la mort», cet après-midi, en Normandie.

Comme si elle l'avait cherchée!

Manon a senti son cœur se serrer en songeant au désespoir de sa mère confrontée à la mort de son enfant après celle de son mari.

Puis elle a pensé à son frère qui, même à distance, avait toujours veillé sur elle. Lui aussi serait dévasté. Elle le savait.

Où choisiraient-ils de l'enterrer ? À Montpellier, avec son père ? À Hossegor, dans le caveau de famille de sa mère ? Et s'ils décidaient de l'incinérer, que feraient-ils de ses cendres ? Manon n'en savait rien, pas plus qu'elle ne savait d'où lui venaient ces idées morbides.

« La voiture, c'est dangereux. »

Manon repensait à la mise en garde de Vincent. L'accident, finalement, serait une mauvaise chose puisqu'il lui donnerait raison. Aussi, mieux valait faire comme d'habitude et continuer à vivre jusqu'à Paris.

Son iPhone sonnait dans la poche de son jean. Découvrant sur l'écran le sourire de Vincent, Manon a laissé échapper un soupir. Ce matin, déjà, avant le petit déjeuner puis lorsqu'elle se promenait sur la plage, deux fois il l'avait appelée pour ne rien dire. À quoi jouait-il ? Même au début de leur histoire il ne téléphonait pas autant. Lasse de ce harcèlement, Manon aurait voulu qu'Éric fasse demi-tour et l'emmène le plus loin possible.

Éric, tout en surveillant la route, observait le visage de Manon tourné vers lui. Tandis qu'il détaillait l'arc des sourcils, l'arête du nez et le dessin de la bouche, il lui trouvait, en plus de l'intelligence et de la délicatesse, un mystère que renforçait l'esquisse d'un sourire. Tout doucement il a approché sa main et avec son index il a écarté la mèche de cheveux qui recouvrait l'œil de la jeune femme et dégringolait en spirale jusque dans l'échancrure de sa chemise.

Malgré ses efforts pour rester éveillée, elle avait fini par s'endormir. Comme un petit enfant, les poings serrés elle reprenait sa respiration, et Éric se demandait quels rêves se cachaient derrière son front bombé. Sans doute aurait-il été surpris d'apprendre qu'une fillette en train de chanter dans un jardin, une ville de buildings sous un soleil d'hiver, un tableau de Rembrandt exposé au Louvre ou un couple enlacé devant une mer turquoise se succédaient dans les songes de Manon.

Alors que sans ouvrir les yeux elle bougeait sur son siège et repliait ses jambes, Éric s'est rappelé le moment où, hier soir, après que tout le monde se fut éclipsé, il avait eu l'idée de monter frapper à sa porte. Mais parce que les marches de l'escalier craquaient et que Claire et Jean auraient pu l'entendre, il avait renoncé. Manon était-elle couchée ou occupée à faire sa toilette? Se glissait-elle nue dans les draps ou portait-elle une chemise de nuit? Lisait-elle quelques pages d'un livre ou avait-elle éteint? Sentant venir le désir, Éric s'était plu à imaginer comment, si elle l'avait laissé entrer, il l'aurait embrassée, caressée, léchée, pénétrée...

Un camping-car, devant lui, a fait une embardée, et son coup de frein brutal a réveillé Manon. De l'autre côté de la Seine, la longue façade blanche de la centrale thermique de Porcheville, surmontée de ses deux cheminées, ressemblait à un paquebot à quai. Cette image à l'esprit, Manon s'est aussitôt rendormie.

Quand elle a rouvert les yeux à la sortie du tunnel de Saint-Cloud, le pare-brise était propre et elle a compris qu'Éric s'était arrêté pour prendre de l'essence. Devant la tour Eiffel et la ville déployée à ses pieds, elle a senti son ventre se nouer. Porte de la

Muette. Porte Dauphine. Porte Maillot. L'Alfa Romeo approchait maintenant de la place des Ternes, et Manon aurait aimé qu'Éric, avant qu'ils n'arrivent, serre sa main dans la sienne pour la rassurer et lui donner du courage. Mais déjà il s'engageait dans la rue de la Neva et arrêtait la voiture au pied de l'immeuble. Avant d'ouvrir la portière, Manon, les yeux levés sur les fenêtres de l'appartement, s'est demandé si Vincent était revenu de Bruxelles.

L E CIEL ÉTAIT AUSSI BLEU qu'en Normandie, et il lui fallait regarder les feuilles roussies des tilleuls pour se convaincre qu'une saison avait passé depuis leur rencontre.

Il y a cinq minutes, Manon était assise à la terrasse du Nemours où elle venait de déjeuner avec une amie. Restée seule elle profitait du soleil avant que l'ombre ne glisse sur elle, quand elle avait vu Éric descendre d'un taxi et traverser la place Colette. La lumière blanche de septembre inondait l'allée devant eux. Comme les gens sur les bancs, ils parlaient doucement pour ne pas troubler le silence qui enveloppait le Palais-Royal. Sa veste sur l'épaule, Éric se réjouissait de ce merveilleux hasard qui les réunissait à nouveau. Même rasé de près, il était toujours aussi séduisant, avec son costume sombre, sa chemise parme et sa cravate desserrée, et Manon se demandait comment, à leur retour en voiture, elle avait su résister à son envie de l'embrasser.

Combien de fois elle avait repensé à l'instant où, après avoir sorti son sac du coffre, il avait effleuré sa joue et déposé un baiser au coin de ses lèvres.

— Bonnes vacances.

Il n'y avait aucune ironie dans ses mots chuchotés, mais seulement le regret de ne pouvoir bousculer l'ordre des choses.

Puis l'Alfa Romeo avait disparu sur le boulevard de Courcelles en laissant dans le cœur de Manon un grand vide.

Un souffle d'air balayait le jardin. Ramenant ses cheveux en arrière, Éric écoutait le grattement des feuilles mortes sous les arbres où clignotaient des taches de soleil.

— C'était bien, l'Italie?

— Il a fait beau…

— Je vois! répondit Éric, les yeux baissés sur les bras et les jambes hâlés de la jeune femme.

— Et encore, je suis rentrée il y a trois semaines!

— Ah, les filles du Sud!

Éric attendait que Manon lui raconte les îles, les ports, les plages, tous ces endroits magnifiques qu'elle avait dû découvrir pendant ses vacances. Mais, comme si elle était déçue de son séjour et n'avait rien à en dire, elle gardait le silence.

Il aurait pourtant été ravi d'apprendre que les rares fois où elle avait fait l'amour avec Vincent, à Lipari ou à Taormina, elle n'avait cessé de penser à lui et d'imaginer, dans l'obscurité d'une chambre ouverte sur la mer, ses mains, sa langue, son sexe lui arrachant des cris de plaisir. De même il aurait été enchanté de savoir qu'une nuit de canicule où Vincent dormait à côté d'elle, à Salina, Manon s'était caressée en pensant encore à lui et n'avait trouvé le sommeil qu'après avoir joui.

Toujours silencieuse, elle revoyait, en Sicile, une route cabossée qu'ils avaient empruntée plusieurs jours de suite pour aller se baigner. La Fiat de location abandonnée en haut d'une colline, ils descendaient dans l'odeur du maquis un chemin escarpé jusqu'à une crique. En contrebas d'une nature fauve et sauvage, aux ondulations animales, s'étendait la mer immobile qui devenait bleu foncé à mesure que le soleil traversait le ciel pour la rejoindre. Aussitôt ils entraient dans l'eau tiède et d'un crawl impeccable s'éloignaient vers l'horizon. Un yacht rouge et vert mouillait à 200 mètres de là. Consultant sa montre, Manon se lançait un défi :

« Si j'atteins ce bateau en moins de sept minutes, je reverrai Éric. »

Comme ces enfantillages lui semblaient loin maintenant que son vœu s'était réalisé !

Ils approchaient du bassin où les jets d'eau dessinaient dans les airs une fleur argentée. Installée sous les feuillages, une jeune mère lisait *Maigret chez le coroner* en attendant que son fils, endormi dans sa poussette, se réveille. Derrière elle, trois vieilles dames alignées sur des chaises en fer se rappelaient le passé ou inventaient l'avenir.

Assis sur le rebord du bassin, des touristes faisaient des photos pendant que des Parisiennes en maillot de bain entretenaient leur bronzage.

— Tout ça pour plaire au bureau ! railla Éric.

Devant tous ces visages barrés de lunettes noires, Manon avait l'impression, en écoutant le bruit de l'eau, de se trouver quelque part dans le Midi de la France.

— Et toi, demanda-t-elle à Éric après qu'ils se furent remis en marche, qu'as-tu fait cet été ?

— Je suis allé naviguer en Floride avec ma fille, dit-il en admirant au loin les façades aux stores baissés.

— Sur un 470?

Éric a répondu au sourire de Manon.

— Un 470 avec une cabine et une annexe!

Manon se souvenait du soleil qui se balançait au-dessus du mât et du moment où Éric s'était mis à la tutoyer. Quel bel après-midi ils avaient passé ce jour-là.

— Nous nous sommes promenés entre Miami et les Keys. Nous avons eu du bon temps, tous les deux. À Key West, j'ai emmené Iris visiter la maison d'Hemingway. Elle était contente de voir l'endroit où il a écrit *Les Vertes Collines d'Afrique* et *Les Neiges du Kilimandjaro*, qu'elle adore.

— Et sur le bateau, quelle équipière était-elle?

La plaisanterie qui se cachait derrière cette question n'a pas échappé à Éric.

— Courageuse!

— Courageuse! répéta Manon en éclatant de rire. Tu veux dire qu'elle n'avait pas peur des méduses?

— Exactement! Remarque, là-bas, il y a surtout des requins!

— Quelle horreur! s'écria la jeune femme qui soudain avait devant les yeux l'image de mâchoires géantes, aux dents acérées comme des poignards, entre lesquelles bouillonnait du sang humain.

Un jour, peut-être Éric raconterait-il à Manon combien elle lui avait manqué, à Key West. Il passait la nuit à l'hôtel avec Iris, et celle-ci, épuisée par le programme qu'il avait organisé pour elle depuis le matin — promenade dans l'île, pique-nique sur la plage et plongée sous-marine —, dormait dans la pièce voisine.

Accoudé au balcon de sa chambre, il observait les cocotiers dressés devant lui et la piscine éclairée au bord de laquelle d'infatigables poupées de quatre-vingts ans, à la blondeur assassine et au visage figé, piaillaient en américain. Quand la pensée de Manon le saisit. Où était-elle à cette heure? Et que faisait-elle? Et avec qui? Où qu'elle se trouvât, à Paris ou en Italie, six heures de décalage et dix heures d'avion la séparaient de lui. Sans moyen de la joindre pour entendre sa voix, brusquement il se sentit loin de tout et incapable de résister à la bouteille de whisky repérée dans le minibar.

Des gens, à la terrasse du Villalys, bavardaient dans une odeur de café et des bruits de vaisselle.

— Et la galerie? demanda Éric en songeant au soir de juillet où, avant de se rendre à un dîner dans le quartier, il était passé rue Guénégaud contempler les objets exposés dans la vitrine.

— Il y a du travail, regretta Manon qui bientôt devrait s'en aller à un rendez-vous.

Au bout du jardin, des étudiants des Beaux-Arts, assis par terre, un carton à dessin sur les genoux et un crayon à la main, esquissaient un relief, un arbre, une silhouette, qu'ils soumettaient ensuite à l'appréciation de leurs camarades.

— Sauvons-nous avant d'être croqués! murmura Éric tandis que Manon, sans s'en rendre compte, lui prenait le bras.

Ils sont revenus sur leurs pas, heureux d'être ensemble dans l'été finissant. Des pigeons traversaient l'allée. Un enfant riait. Des feuilles tourbillonnaient. Et la ville, tranquille, s'évanouissait dans la chaleur.

DEBOUT À LA FENÊTRE, Manon regardait la neige blanchir le boulevard Delessert. Derrière les branches des marronniers qu'agitait une bourrasque, elle voyait clignoter, entre les enseignes et les phares des voitures, les illuminations sur la place du Costa-Rica.

Il était loin le temps où, impatiente à l'approche de Noël, elle accrochait dans sa chambre un calendrier de l'Avent. Leurs parents les emmenaient, alors, elle et son frère, admirer les vitrines animées sur les Grands Boulevards, comme en témoignait la photo en couleurs qu'elle conservait précieusement, au dos de laquelle sa mère avait écrit avec son Parker 51 : *Devant les Galeries Lafayette, 14 décembre 1985*. Au moment de rentrer, il fallait toute la douce persuasion de leur père pour que les deux enfants laissent derrière eux les marionnettes, les boules, les guirlandes, et le Père Noël qui sur le trottoir distribuait des bonbons.

À l'idée de passer Noël à Montpellier, entre sa mère et Vincent, puisque son frère, cette année, serait dans sa belle-famille, Manon aurait aimé qu'une fée, d'un coup de baguette magique, lui épargne cette corvée et la projete directement en janvier. Souhaitant peut-être se donner l'illusion que son vœu se réaliserait et qu'elle ne serait pas obligée, au pied du sapin, de faire semblant d'être gaie et amoureuse, elle n'avait encore acheté aucun cadeau – pas même à Vincent, à qui, pour la première fois, elle ne savait qu'offrir.

Annoncée depuis plusieurs jours, la neige tombait en abondance et créait, avec les illuminations, l'apparence d'un monde merveilleux. Des silhouettes encombrées de paquets se hâtaient sur les trottoirs alors que les voitures qui contournaient le rond-point et descendaient vers la Seine roulaient lentement pour ne pas glisser.

Depuis quand Manon n'avait-elle pas vu neiger autant à Paris? Les flocons qui tournoyaient devant ses yeux la ramenaient au dîner chez Katsuko. Elle revoyait l'appartement aux plafonds inclinés et les visages des convives. Elle se rappelait Vincent sur le canapé. Le moment où il l'avait embrassée en dansant. Et leur retour dans la nuit glacée, avec les couteaux et la chaise de jardin. Mais ce soir, comme si elle les avait inventés ou qu'ils appartenaient à une autre, ces souvenirs ne lui procuraient plus aucune émotion et elle n'aurait su dire si elle en éprouvait de la tristesse ou de l'indifférence.

Lorsqu'elle a effacé sur la vitre la buée devant sa bouche, elle a senti sous ses doigts la fraîcheur extérieure et son peignoir en coton, trop grand pour elle, lui a paru encore plus confortable. Observant la neige qui s'accrochait au balcon et scintillait dans les lumières du salon, elle a entendu derrière elle le craquement du parquet en même temps que deux bras l'entouraient.

— Tu vas bien, mon amour? chuchota Éric en promenant ses lèvres sur sa nuque.

Manon s'est retournée et blottie contre lui elle ressentait dans tout son corps les caresses et les baisers qu'il lui avait prodigués pendant deux heures.

— Très bien.

Quand dans l'après-midi elle se rendait boulevard Delessert, Manon, comme à l'époque de la rue Daguerre, avait l'impression de faire l'école buissonnière. Et c'était un moment délicieux lorsque après avoir sonné elle entendait les pas derrière la porte.

Aujourd'hui, incapable de contenir plus longtemps son désir, Éric, à peine Manon débarrassée de son sac et de son manteau, lui avait brusquement ôté ses collants et sa culotte pour la prendre debout dans le couloir.

— Espèce de sauvage ! lui souffla-t-elle à l'oreille tandis que le pantalon aux chevilles et sa chemise battant ses flancs il s'activait en elle jusqu'à ce qu'ils atteignent ce plaisir inouï qui depuis le premier jour faisait de leurs rencontres un éblouissement.

Dans la chambre qu'éclairait seulement la lumière de la salle de bains, Éric, à genoux entre ses jambes, caressa longuement avec la langue le sexe de Manon. Puis il la retourna sur le ventre pour la prendre par-derrière, comme dans son excitation elle le lui demandait en gémissant et en levant bien haut ses fesses.

Il y a encore quelques semaines, les jours étaient plus longs et un soleil rouge semblait prolonger l'été. Éric et Manon aimaient alors se glisser sous la douche et, agrippés l'un à l'autre dans la vapeur d'eau, s'imaginer en train de faire l'amour sous une pluie de mousson.

Ou bien, étendus dans la pénombre, les draps rabattus à leurs pieds, ils regardaient la lumière d'automne décliner derrière les rideaux et écoutaient par la fenêtre le carillon d'une cloche venu de nulle part, qui, dix minutes plus tôt, comme dans un match de boxe, rythmait les rounds et les pauses de leur combat intime.

— Tu étais si belle dans ta robe blanche...

En appui sur ses coudes, Éric contemplait les jambes de Manon et le triangle de son sexe, en se rappelant sa silhouette sur la terrasse de la Villa Dalila. Et lorsqu'il se levait pour aller chercher une bouteille d'eau dans la cuisine, il ne pouvait s'empêcher de penser, devant le corps nu de la jeune femme, que leurs étreintes, arrachées à la banalité des jours, étaient pour lui une victoire sur l'âge, une victoire sur la vie, une victoire sur la mort.

Tendrement enlacés, Éric et Manon observaient les flocons comme si une boule à neige géante venait d'être agitée devant eux. Ils étaient heureux, ils habitaient la plus belle ville du monde, et ils se retrouvaient dans un appartement pour y faire l'amour.

— Quelle image romantique de Paris pour des étrangers! s'amusa Éric.

— Sauf pour des Américains! nuança Manon. Nous sommes un couple illégitime, une génération nous sépare et nous nous vautrons dans le péché! Autant te dire que pour eux nous serions des monstres, bien loin du Paris romantique des cartes postales!

— Je suis content d'être revenu en France. Je n'en pouvais plus de leur morale hypocrite.

Manon a entrouvert le peignoir d'Éric pour, les yeux fermés, embrasser son torse et caresser son sexe qu'elle sentait durcir dans sa main.

— À quoi penses-tu?

Manon avait refermé le peignoir et dévisageait Éric.

— Je me demande, dit-elle, quand nous passerons une autre nuit ensemble. J'en ai tellement envie. Et la dernière est si loin…

Il y a un mois, Éric avait fait la surprise à Manon de la rejoindre à Genève où elle s'était rendue pour son travail. Allongée dans sa chambre après le déjeuner, elle lui disait au téléphone son impatience de le revoir, lorsqu'il avait frappé à sa porte comme par enchantement.

Sans lui laisser le temps d'ôter son imperméable, Manon poussa Éric sur le lit et ouvrit son pantalon. Haletante, elle le branla, puis, s'inclinant, engloutit son sexe jusqu'au fond de sa gorge. Elle ne put retenir un cri quand, retroussant sa jupe pendant qu'il déboutonnait son corsage pour lui lécher les seins, elle s'empala sur lui comme elle l'avait fait la veille dans le salon du boulevard Delessert.

Une demi-heure plus tard, tout juste rhabillée et recoiffée, Manon retrouva au Mo Bar du Mandarin Oriental un médecin suisse, client de la galerie. Tandis que ce dernier lui demandait si elle avait fait bon voyage et parlait des objets — une figure mortuaire et un masque en argile de Papouasie-Nouvelle-Guinée — qu'il espérait acquérir à une vente chez Sotheby's, il lui sembla, malgré le chewing-gum à la chlorophylle qu'elle avait mâché en se dirigeant vers le Rhône, avoir encore dans la bouche le goût du sexe d'Éric.

À la nuit tombée, ils entrèrent dans la vieille ville par la rue de la Cité où flottait une odeur de marron grillé qui rappelait à Éric New York en hiver. Autour d'eux brillaient des vitrines devant lesquelles ils s'arrêtaient, avant de poursuivre leur chemin. Grisés par un sentiment de liberté – Paris semblait si loin... –, pour la première fois ils osaient s'embrasser et se tenir la main en public.

– Je meurs de faim, dit Manon devant l'enseigne du Café Papon où Éric, qui connaissait l'endroit depuis des années, avait réservé une table.

À l'écart, dans la salle voûtée, ils dégustèrent un hachis Parmentier de queue de bœuf aux cèpes et un strudel aux pommes et châtaignes glace pain d'épices.

– Quel festin! s'écria Manon lorsqu'ils marchèrent sous les arbres de la promenade de la Treille après une bouteille de pinot noir et deux verres de vieille prune. Merci, chéri! Cela faisait long-temps que je n'avais pas aussi bien dîné! En plus, je suis soûle, et tu vas pouvoir faire de moi tout ce qu'il te plaira!

– Tout vient à point à qui sait attendre!

De retour à l'hôtel, ils se déshabillèrent, et quand ils eurent déplacé le lit au milieu de la chambre, leur plaisir fut décuplé de faire l'amour devant un miroir.

Le lendemain matin, un soleil printanier inondait la ville, et avant qu'Éric ne parte pour l'aéroport et Manon pour d'autres rendez-vous, ils remontèrent jusqu'au pont du Mont-Blanc le quai des Bergues qui offrait sur le lac et le jet d'eau une vue magnifique.

– C'est autre chose que le bassin du Palais-Royal! plaisanta Éric devant la colonne blanche qui s'élevait dans le ciel bleu où scintillaient des avions.

Revenus à Paris, Éric et Manon, encore sous le charme de leur escapade genevoise, voulurent s'échapper du boulevard Delessert. Ainsi, ils déjeunaient ensemble, allaient au cinéma ou flânaient dans les rues, comme tous les amoureux de la Terre. Ils veillaient toutefois à rester éloignés des Champs-Élysées ou de Saint-Germain-des-Prés, trop fréquentés, ou de Montparnasse, trop proche du domicile de Claire et Jean, rue Notre-Dame-des-Champs. Malgré ces contraintes qui leur donnaient la sensation d'être en cavale, ils savouraient leur bonheur.

— Toute entreprise humaine comporte un risque ! répondait Éric lorsque Manon s'inquiétait de ce qu'il adviendrait si on les surprenait ensemble.

Ce qui avait été le cas, il y a quelques semaines.

Cependant lorsqu'un des directeurs de la BNP lui dit l'avoir aperçu quai d'Orléans avec une jeune femme à son bras, Éric répliqua qu'il n'était pas allé sur l'île Saint-Louis depuis des mois, et sur le quai d'Orléans depuis des années. Il se montra si persuasif que son interlocuteur en conclut s'être trompé.

De même, ce n'était pas sans un sourire mêlé d'effroi que Manon se rappelait l'après-midi de novembre où, se promenant bras dessus bras dessous du côté de La Motte-Picquet, ils manquèrent se trouver nez à nez avec Lazare et Esther, rencontrés plusieurs fois chez les Lavigne. Aussitôt ils s'engouffrèrent dans la première boutique pour se cacher, et furent pris de fou rire quand la vendeuse, une rousse aux formes généreuses et à la tenue suggestive, leur proposa d'un air entendu des déguisements, des loups, des menottes, des fouets et autres sex-toys…

— Encore un peu de champagne ?

Éric a rempli les deux coupes posées sur la table basse tandis que Manon, après un dernier regard par la fenêtre, le rejoignait sur le canapé.

La bouteille de Drappier, ouverte pour fêter le troisième mois de leur histoire, était, avec quatre yaourts, une boîte d'œufs et une plaquette de beurre, tout ce que contenait le frigo.

– Je prends mes repas dehors, avait expliqué Éric un jour où Manon s'en étonnait. Et quand je ne sors pas, je me fais une omelette ou je commande une pizza.

L'appartement aussi, avec ses grandes pièces blanches où le moindre bruit résonnait tant elles étaient vides et hautes de plafond, l'avait surprise la première fois qu'elle était venue. Au moment de s'installer à Paris, excepté quelques objets auxquels il tenait, comme la peinture brésilienne accrochée dans le couloir ou la commode Louis XVI héritée de ses parents, Éric avait laissé à sa femme et à sa fille l'essentiel des meubles que contenait l'appartement de New York. Aussi le canapé, la table basse, les deux fauteuils club et la lampe Pipistrello de Gae Aulenti provenaient-ils des puces ou du garage qui avait aussi abrité l'Alfa Romeo.

Même si son retour avait été mûrement réfléchi, Éric, après avoir mené à New York une vie d'époux et de père de famille, avait éprouvé un sentiment étrange de se retrouver seul à Paris. Un an plus tard – et surtout depuis sa rencontre avec Manon –, son mariage avec Lisbeth lui paraissait irréel au point de n'avoir peut-être jamais existé, et seule Iris, de l'autre côté de l'Atlantique, lui manquait.

– J'ai retrouvé ma liberté de jadis, quand j'habitais à la Bastille un appartement aussi vide que celui-ci…

Un détail, encore, avait intrigué Manon : le cadre en bois foncé, retourné contre le mur, à côté de la cheminée du salon. Lorsqu'elle voulut voir ce qu'il cachait, elle découvrit une vieille photo en noir et blanc de Claire, Jean et Éric, en maillot de bain, au bord d'une piscine, un jour de soleil comme le prouvaient les ombres autour d'eux.

— Tu comprends, dit Éric en la remettant à sa place, pourquoi en ce moment je n'ai pas très envie d'avoir cette image sous les yeux !

Manon ne prêta plus attention au cadre qui, juché sur un carton jamais ouvert, continuait à regarder le mur.

Ce soir, pourtant, il lui rappelait le dîner auquel elle devait se rendre tout à l'heure avec Vincent, rue Notre-Dame-des-Champs. Elle n'avait pas croisé les Lavigne depuis longtemps – sous prétexte de travail, deux fois de suite elle avait décliné les invitations de Claire pour rejoindre Éric –, et même si elle n'éprouvait aucune culpabilité à tromper leur fils, elle détestait l'idée de leur faire de la peine ou de détruire l'amitié qui les liait à Éric. Et bien que douée pour le mensonge, elle redoutait de paraître gênée si quelqu'un, dans la conversation, mentionnait Éric, ou de se tromper dans les prénoms en s'adressant à Jean ou à Vincent. Claire était tellement fine mouche…

La neige continuerait à tomber jusqu'à demain, et comme si déjà elle voulait se protéger du froid et de l'humidité qu'elle s'apprêtait à affronter, Manon a serré dans sa main l'encolure de son peignoir.

Elle aurait tant aimé rester au lit avec Éric et, dans la chaleur des draps, finir la bouteille de champagne en regardant un DVD – pourquoi pas *Les Choses de la vie*, qu'elle n'avait toujours pas revu ; ou *Annie Hall*, pour rire à la scène des homards ; ou *Lost in Translation*, pour déambuler avec Éric dans les rues de Tokyo. Puis, après qu'ils auraient à nouveau fait l'amour, elle se serait endormie dans ses bras tandis que dehors, dans le silence et la nuit, les flocons auraient fini de blanchir Paris.

Au lieu de quoi, Vincent devait essayer de l'appeler pour lui donner rendez-vous avant d'aller chez ses parents. Mais, comme à chaque fois qu'elle franchissait la porte du boulevard Delessert, Manon, pour ne pas être dérangée ou risquer un appel involontaire, avait éteint son téléphone portable. Autant éviter la mésaventure qui était arrivée à un de ses amis, écouté par sa femme un soir où il se trouvait chez sa maîtresse...

Manon, sous l'effet de l'alcool et des caresses d'Éric qui promenait sa main sur sa cuisse, sentait son désir se réveiller. Malheureusement, elle n'avait plus une minute à perdre si, pour opérer sa mue avant de passer d'un pan à l'autre de sa double vie, elle voulait rentrer prendre une douche et se changer. Dans la salle de bains, elle en profiterait pour s'assurer devant le miroir qu'elle n'avait, dans le cou, sur les seins ou le ventre, aucune griffure, aucune morsure qui pourrait lui attirer des ennuis.

— 10, 9, 8, 7, 6…

Les yeux sur sa montre, une jeune femme venait de se lever en bout de table, qui sous l'œil amusé de l'assistance égrenait les secondes avant minuit.

— … 5, 4, 3, 2, 1… Bonne année!

Alors que dans la salle à manger les parents se souhaitaient le meilleur pour les douze mois à venir, dans le salon les enfants se jetaient des confettis à la figure.

— Belle et heureuse année à toi, ma chérie! s'exclama Vincent en plaquant sur la bouche de Manon un baiser parfumé au vin rouge.

Le temps qu'elle réagisse, il s'était retourné pour présenter ses vœux à son voisin à qui il donnait l'accolade.

— Quelle délicatesse! songea-t-elle après s'être essuyé les lèvres avec sa serviette. Il a encore trop bu.

Et pourquoi reprenait-il l'habitude de l'appeler «ma chérie» comme s'ils étaient au commencement de l'amour? À quoi cela rimait-il quand le fossé, entre eux, se creusait un peu plus chaque jour? Vincent était-il aveugle, ou inconscient? En même temps qu'elle se posait ces questions, Manon, que ses amis venaient l'un après l'autre embrasser pour la nouvelle année, avait la sensation d'être prise dans un tourbillon.

Son agacement se dissipait quand Lara, une blonde aux yeux jaunes et à l'haleine chargée, s'est appuyée sur son épaule.

– On ne se connaît pas très bien toutes les deux…, souffla celle-ci d'une voix pâteuse. Pourtant, je me sens proche de toi et je t'aime beaucoup… Comment expliques-tu cela ? C'est fou, non ?

Était-il possible que tout le monde, dans cette maison, fût soûl ?

– Tu as raison, répondit Manon en serrant dans la sienne la main de la jeune femme. C'est fou.

– Alors, poursuivit cette dernière en comptant sur ses doigts, je te souhaite d'être heureuse en janvier, en février, en mars, en avril, en mai, en juin…

Comme si elle avait oublié la suite ou ne souhaitait le bonheur de Manon que jusqu'au printemps, brusquement elle s'est tue.

Lara se dirigeait vers la bouteille de saint-joseph repérée sur une desserte, lorsque Manon a senti son portable vibrer dans la poche de sa veste. Elle a souri en découvrant sur l'écran la photo du jet d'eau qu'elle avait faite à Genève, et ce nom, « Irène Bergues », sous lequel elle avait enregistré le numéro d'Éric. Aussitôt elle s'est faufilée dans l'entrée pour prendre son manteau et son écharpe, et elle a disparu dans le jardin.

– *Happy New Year!*
– *Happy New Year!* Je suis tellement contente que tu m'appelles !
– Et moi tellement heureux que tu aies un nouveau téléphone !

Il y a trois jours, Manon, qui attendait dans son bain un appel d'Éric tout juste arrivé à New York, avait posé son portable sur le rebord de la baignoire.

— Déçu de ne pas sonner, il a fini par se jeter à l'eau !

— Quel idiot ! Espérons que son remplaçant sera plus sage car c'était insupportable de ne plus t'entendre !

La lumière extérieure était allumée, et Manon, pour qu'on ne puisse la voir depuis la maison, s'enfonçait dans le jardin qu'éclairait un croissant de lune. Il faisait froid et la neige craquait sous ses pieds. Heureusement, elle avait gardé ses bottes pour le réveillon. Entourée d'arbres dont les branches, en l'effleurant, la faisaient sursauter, elle s'est retournée. La maison était maintenant à bonne distance et ses fenêtres projetaient sur la terrasse blanche des rectangles de lumière jaune que traversaient des ombres. À droite du toit, blanc lui aussi, un panache de fumée dansait au-dessus de la cheminée et Manon respirait dans l'air glacé l'odeur du feu de bois.

Éric lui a demandé comment était le voyage jusqu'en Auvergne et elle a réalisé combien, au moment où quelques heures avant lui elle entrait dans une nouvelle année, elle avait besoin d'entendre sa voix — cette voix venue de loin et pourtant proche comme s'il se cachait lui aussi dans un coin du jardin.

— Éprouvant, répondit-elle en regardant la buée sortir de sa bouche.

Après des journées de soleil et de ciel bleu, la neige tombait à nouveau depuis Noël et rendait la circulation difficile dans tout le pays, ainsi que Vincent et Manon l'avaient constaté hier dès la sortie de Paris.

– La route était une patinoire, des voitures étaient immobilisées en travers de la chaussée ou renversées dans les fossés, et j'ai bien cru qu'on allait passer la nuit dans l'Audi…

Manon a repensé au moment où, dans un virage, Vincent, à qui elle demandait de ralentir, avait glissé sur le verglas et manqué foncer dans un camion arrêté sur le bas-côté.

«La voiture, c'est dangereux.»

Même s'il venait de le prouver malgré lui, cela ne l'avait pas empêché de fanfaronner:

– Heureusement que j'ai de bons réflexes, sinon…

– Sinon c'était l'accident, avait hurlé Manon sous le coup de la peur et de la colère, parce que les routes sont impossibles, que tu roules trop vite et que nous aurions dû prendre le train!

Vincent lui avait alors adressé un sourire ironique.

– Je croyais que tu préférais la voiture au train…

– Au lieu de dire n'importe quoi, avait-elle encore hurlé, tu ferais mieux de faire demi-tour!

Mais Vincent, imperturbable, avait poursuivi son chemin vers le Cantal, «parce que leurs amis les attendaient et qu'il était trop tard pour organiser un réveillon à Paris». Comme si réveillonner était une obligation! Vincent craignait-il à ce point de se retrouver en tête à tête avec Manon alors que le monde entier s'amuserait sans eux?

– Le 31 décembre, dit-elle à Éric, est LE soir où je rêverais de me coucher à 22 heures avec un somnifère! Ces fêtes imposées finissent toujours par entamer ma bonne humeur et le peu de courage qu'il me reste pour attaquer une nouvelle année!

Cet après-midi, pendant que Vincent et d'autres jouaient au whist ou aidaient les enfants à faire un bonhomme de neige, Manon avait lu dans sa chambre.

– Ces temps-ci, a-t-elle reconnu, je ne me sens pas très sociable. C'est sans doute parce que tu es loin et que ça me rend triste.

– Toi aussi, chérie, tu me manques.

– Et puis je suis fatiguée par tout le travail que j'ai dû abattre avant les vacances. C'était trop.

Éric l'appelait de New York pour lui présenter ses vœux, et voilà que Manon ne faisait que se plaindre.

Chassant la mélancolie à laquelle elle venait de s'abandonner, d'une voix redevenue gaie elle s'est empressée d'ajouter :

– En plus, les derniers mois ont été forts en émotions !

– Je ne vois pas de quoi tu parles ! répondit Éric sur un ton léger qui laissait deviner l'expression enjouée de son visage.

– Ah, tu ne vois pas ! Ah, tu ne vois pas ! a-t-elle répété en riant. Quel mufle !

Ajustant son écharpe autour de son cou, elle a fait cliqueter le bracelet Tiffany que Vincent lui avait offert pour ses trente ans et qu'elle portait ce soir non pour lui être agréable, mais parce qu'elle trouvait jolie à son poignet la chaîne en argent que fermait un petit cadenas en forme de cœur.

– Maintenant, dit-elle les yeux fixés sur le sapin qui clignotait derrière une fenêtre du salon, parle-moi de toi. Tu dois être content de retrouver New York…

Manon finissait sa phrase quand la porte de la maison s'est ouverte sur Pierre, l'ami avec qui elle avait bavardé avant le dîner.

– Très content, répondit Éric. Cette ville m'enchante et je la redécouvre en oubliant presque que j'y ai vécu vingt ans !

Jérôme avait refermé la porte derrière lui et promenait son ombre filiforme sur le damier jaune et blanc de la terrasse. D'un geste rapide il se frottait les bras pour se réchauffer et Manon distinguait le bout incandescent de la cigarette qu'il tenait entre ses lèvres.

— Qu'as-tu fait aujourd'hui ? demanda-t-elle.

À New York aussi il neigeait, et Éric, pendant que Lisbeth et Iris étaient parties de leur côté, avait marché dans le silence et la blancheur de Central Park où des parents à skis et leurs enfants sur des luges s'amusaient à dévaler les collines.

— C'étaient les Alpes à Manhattan !

Après avoir contourné le zoo, où il emmenait sa fille lorsqu'elle était enfant, Éric avait croisé au détour d'une allée une femme blonde sur un cheval noir, qui au passage l'avait salué.

— Tu finis bien l'année avec ta princesse de conte de fées ! plaisanta Manon.

Des images de son premier séjour à New York, quand elle avait dix-sept ans, lui revenaient en mémoire, comme celle des calèches garées à l'angle de la Cinquième Avenue et de la 59e Rue. À quelques pas de là, au pied du Plaza Hotel, Sydney Pollack avait tourné la scène poignante de son film *Nos plus belles années* – que Manon avait vu des dizaines de fois – où, après qu'ils se sont beaucoup aimés et séparés depuis longtemps, Robert Redford, accompagné de la nouvelle femme de sa vie, tombe sur Barbra Streisand en train de militer pour la paix, et lui demande, la gorge serrée, des nouvelles de leur fille qu'il n'a pas vue grandir.

— J'aimerais tellement qu'on se retrouve ici un jour, dit Éric. Cette ville, avec toi, serait encore plus grandiose. Je te la ferais visiter. Je te montrerais mes endroits favoris. Ceux où j'aime flâner. Ceux où j'ai mes habitudes…

— J'adorerais, souffla Manon qui regrettait davantage encore de n'avoir ce soir pour la relier à Éric que la neige et le téléphone.

Là-bas, Pierre avait cessé ses allers et retours sur la terrasse et il contemplait le ciel où brillait la Grande Ourse. Bientôt il a écrasé sa cigarette sur la semelle de sa chaussure et l'a glissée dans son paquet pour ne pas salir le jardin, puis il est rentré dans la maison.

À peine refermée, la porte s'est rouverte sur un garçon et une fille que Manon a reconnus avant qu'à leur tour ils ne s'enfoncent dans le noir comme des fuyards. Cachée derrière un arbre pour qu'ils ne puissent repérer la lumière de son portable, elle les entendait, à une vingtaine de mètres de là, rire et s'embrasser. Que faisaient ensemble Mathieu, qui s'était marié au printemps dernier, et Clotilde, dont l'enfant avait tout juste un an?

La nuit était tombée, à New York, et partout les illuminations inondaient les rues. Accoudé à un muret, devant le Rockefeller Center, Éric parlait à Manon en observant sous le sapin géant les figures que les patineurs improvisaient sur la glace. Comme ils étaient loin les Noëls où, ici même, au milieu d'une foule rapide et joyeuse, il serrait dans la sienne la petite main de sa fille en manteau beige qui, devant tant de lumières et d'agitation, riait aux éclats sous son bonnet à pompon. Tout à coup elle lui manquait cette enfant dont il aimait respirer l'odeur de lait dans son cou tiède, devenue une jeune fille d'un mètre soixante-quinze qui tout à l'heure se maquillerait avant de sortir.

— Où réveillonnes-tu? demanda Manon.

Éric avait tourné la tête et considérait les fleurs violettes que des lasers projetaient sur les façades autour de lui.

— Chez des amis, dit-il en se rappelant le magnum de champagne et le flacon de Shalimar qu'il devait acheter pour eux. Thaddeus et Phoebe.

Manon a été touchée qu'il mentionne leurs prénoms comme s'il voulait l'associer à cette soirée qui se déroulerait loin d'elle.

Thaddeus était le premier camarade qu'Éric s'était fait à New York. Ce garçon trapu, au regard vif et aux cheveux blonds ondulés, était alors un jeune avocat d'affaires débordant d'énergie et promis à la brillante carrière qui était désormais la sienne. Tous deux célibataires, Éric et Thaddeus partageaient un même goût pour les femmes, le sport et la musique. Pendant un an, ils passèrent beaucoup de temps ensemble dans les stades et les soirées, ou s'échappèrent le temps d'un week-end à la campagne ou à la mer. Puis, à un mois d'intervalle, l'un sur la côte ouest et l'autre sur la côte est, ils rencontrèrent Lisbeth et Phoebe, deux filles drôles et jolies, qui avaient l'avantage de bien s'entendre. Après les avoir épousées, les deux amis, malgré le travail et la vie de famille, et jusqu'au départ d'Éric, continuèrent de se retrouver chaque semaine pour déjeuner ou prendre un verre.

— Tu ne me demandes pas comment je serai habillé?

Manon a souri. Cette question ressemblait si peu à Éric. Mais sans doute était-ce encore un moyen pour que, par la pensée au moins, elle se sente proche de lui.

— Si, répondit-elle. Je te le demande: comment seras-tu habillé?

— Costume bleu, chemise blanche, cravate verte et chaussures noires.

— Très chic! Sauf la cravate verte. Tu n'en as pas une autre? Une rouge, par exemple?

— Oui.

— Alors, mets la rouge. Je suis sûre qu'elle t'ira bien.

— D'accord. Je la porterai pour toi.

— Tu es rasé ?

— *Yes !*

— *Nobody's perfect !*

Après s'être préparés, Éric, Lisbeth et Iris sauteraient dans un taxi pour se rendre dans l'Upper East Side, où Thaddeus et Phoebe venaient d'emménager dans un nouvel appartement.

— Je ne serais pas étonné que passé minuit, Iris, lasse de voir nos têtes de vieux schnocks, nous fausse compagnie pour aller retrouver ses amis à Times Square ou ailleurs…

— C'est de son âge !

— Oui. Mais c'est arrivé trop vite, regretta Éric qui avait à nouveau devant les yeux l'image de l'enfant dans son manteau beige.

Tandis que leurs conjoints les attendaient dans le salon où résonnait *Stayin' Alive*, Mathieu et Clotilde continuaient à s'embrasser sous les étoiles et ne semblaient pas pressés d'aller les retrouver. Échangeaient-ils ce soir leurs premiers baisers, ou avaient-ils une liaison depuis des mois ? Quoi qu'il en fût, Manon n'était pas la seule à vivre dans le mensonge. Et parce que si elle le leur avait confié ils auraient entendu son secret mieux que personne, elle se sentait proche de ce garçon et de cette fille dont les rires, alors qu'ils se décidaient enfin à rentrer, la faisaient sourire.

Debout dans la neige, Manon commençait à avoir froid aux pieds malgré ses bottes. Prenant appui sur une branche, elle est montée sur une jardinière où elle se tenait en équilibre. Comme elle pensait à la soirée qui attendait Éric, elle était émue, alors qu'elle se trouvait au fin fond de la campagne française, d'entendre retentir à Manhattan les sirènes des voitures de police. Une pluie d'été à Greenwich Village, la vue sur la baie depuis le World Trade Center, la statue de la Liberté dans la brume de chaleur ou un moment de repos à Washington Square étaient autant de souvenirs de son premier séjour à New York qui une fois encore refaisaient surface.

— À ton avis, que nous réserve cette nouvelle année?

— Le meilleur! prédit Éric sans réfléchir. Le meilleur et rien que le meilleur!

— Tu te rends compte que nous nous connaissons depuis six mois! Déjà six mois!

— Un vieux couple! s'amusa Éric en songeant à tout ce qui était advenu depuis qu'il avait vu apparaître sur la terrasse de la Villa Dalila cette liane brune qui serrait sous son bras une raquette de tennis et une boîte de balles.

— Surtout lui! répliqua Manon avec une insolence qui les a fait rire tous les deux.

— Pour bien commencer l'année, nous passerons ensemble la soirée du 28 février…

— Pourquoi le 28 février? demanda la jeune femme qui devinait une surprise.

— Tu te rappelles qu'un jour tu m'as confié ton rêve de voir Barbra Streisand chanter *The Way We Were*?

— Oui. Tu m'avais même dit avoir eu la chance de l'applaudir à Las Vegas, il y a une dizaine d'années.

— J'aurai à nouveau cette chance, mais cette fois avec toi, puisque j'ai deux places pour le concert qu'elle donnera au théâtre des Champs-Élysées, le 28 février.

Le silence de Manon se prolongeait.

— Allô? Tu es toujours là?

— Si tu savais, a-t-elle enfin répondu, comme ça me fait plaisir!

L'attention d'Éric, ajoutée à la perspective de cette soirée qui promettait d'être inoubliable, la comblait et lui faisait oublier le froid qui la transperçait.

Au-dessus du salon, où l'on dansait au milieu des cris et des applaudissements, la lumière venait de s'allumer dans sa chambre. Une silhouette en ombre chinoise est apparue derrière les rideaux, puis comme si on avait oublié quelque chose, la lumière, après s'être éteinte, s'est rallumée aussitôt, avant de s'éteindre à nouveau.

Manon avait disparu depuis un moment, et, sans doute inquiet de ne pas la voir revenir, Vincent la cherchait-il dans toute la maison. Il ouvrait les portes, inspectait les pièces, montait l'escalier, vérifiait dans la chambre qu'elle ne s'était pas endormie — ou cachée sous le lit. Bientôt il sortirait dans le jardin, où ses appels resteraient sans réponse. À mesure qu'il s'éloignerait dans la nuit, la neige de plus en plus épaisse entraverait sa marche. Quand, à bout de forces, il ne pourrait plus ni avancer ni reculer, une dernière fois il hurlerait son prénom avant de s'effondrer au pied d'un talus où on le retrouverait mort de froid…

— Ça te laisse le temps d'inventer un mensonge! dit Éric qui savourait cette nouvelle victoire sur Vincent.

— Tu peux compter sur moi! En attendant, j'espère qu'on ne va pas rester coincés ici plusieurs jours, sinon je vais devenir dingue!

— Manon! Manon!

La porte de la maison venait de s'ouvrir et Vincent s'avançait sur la terrasse en regardant autour de lui.

— Manon! Manon!

Il a attendu quelques instants, puis contrairement à ce qu'elle avait imaginé, au lieu d'aller fouiller les alentours il est revenu sur ses pas et a refermé la porte derrière lui.

— Quelqu'un t'appelle? demanda Éric.

Manon gardait les yeux fixés sur la porte comme si elle s'attendait à la voir s'ouvrir une fois encore.

— C'est Vincent, a-t-elle chuchoté sans s'en rendre compte. Il me cherche. Je vais devoir rentrer.

Et rejoindre les autres. Et danser. Et faire semblant de s'amuser pendant des heures.

Elle sentait à nouveau le froid dans tout son corps, mais elle n'osait pas bouger de peur de tomber de la jardinière.

— De toute façon, a-t-elle ajouté en riant, si je reste dehors plus longtemps il va falloir m'amputer!

— Essaie de sauver tes mains! C'est tout de même pratique!

— J'aimerais tellement me réchauffer dans tes bras...

— Dans trois jours, mon amour.

Ces derniers mots, prononcés par Éric, étaient si doux à l'oreille de Manon qu'elle les lui a fait répéter.

— Tu as intérêt à te reposer dans l'avion, annonça-t-elle, car j'ai libéré tout mon après-midi pour toi!

— Arrête! Tu me donnes envie de foncer tout de suite à l'aéroport!

Il y avait longtemps qu'Éric n'était pas venu au Golfe de Naples. La dernière fois, il avait dîné avec une Suédoise rencontrée le matin même à Roissy devant le tapis roulant où il guettait sa valise. Il se rappelait le beau visage d'Agneta, ses cheveux paille, ses yeux verts traversés de nuages, et la petite cicatrice sur son menton qui disparaissait quand elle souriait. Il se souvenait également de son corps mince et de ses seins lourds tandis qu'un verre de vodka à la main elle dansait nue au milieu d'une chambre éclairée de bougies. Ils firent beaucoup l'amour durant les quelques jours qu'ils passèrent ensemble à Paris et, conscients d'avoir vécu un moment exceptionnel, ils se quittèrent heureux et bons amis même s'ils savaient qu'ils ne se reverraient jamais.

Où étaient-ils, tous ces gens qu'on avait croisés, aimés, consolés, écoutés ou admirés, avant de perdre leur trace ? Et Agneta, où se trouvait-elle aujourd'hui ? Dans quelle ville ? Dans quelle vie ? Était-elle restée en France ou avait-elle depuis longtemps regagné la Suède ? Était-elle mariée ? Avait-elle des enfants ? Éric essayait d'imaginer la jeune femme saine et sportive d'alors avec des kilos en plus, des rides et des cheveux blancs. Sans doute aurait-il pu la localiser et trouver des photos d'elle sur Internet.

De peur d'être déçu, il renoncerait à ces recherches pour ne pas altérer ses souvenirs.

– Pardonne-moi. Quelqu'un me retenait au téléphone et je n'arrivais pas à m'en défaire.

Sans même l'embrasser, Claire s'est assise sur la banquette en face d'Éric.

– Tu as commandé?

– Je t'attendais.

– Deux pizzas Attilio et un pichet de rouge, lança-t-elle au serveur qui passait par là.

Comme souvent à la fin de l'hiver, elle avait cette pâleur diaphane qui lui allait bien. Malgré sa chevelure grise et son visage parcheminé, elle évoquait à Éric, avec sa barrette sur le côté et son col roulé framboise, la jeune femme qui un matin s'abritait sous un marronnier du Luxembourg.

– Flagorneur, répondit Claire que le rappel de ce jour ancien ne semblait pas émouvoir.

– Quand nous nous sommes revus la semaine suivante, insista Éric, ton blouson en fourrure me donnait l'envie de te caresser comme un petit animal!

– Tu aurais dû essayer pour voir si je ronronnais…

Le passé laissant Claire indifférente, mieux valait revenir au présent.

– Et la Normandie?

– C'est déjà loin.

– Si j'avais pu, mentit Éric, je vous y aurais rejoints. Malheureusement, en ce moment, je croule sous le travail.

Sans toucher à la sienne, Claire le regardait découper sa pizza avec gourmandise.

— Tu as l'air en pleine forme, lâcha-t-elle après un silence. Je te félicite.

— La vie parisienne m'offre une cure de jouvence! Je ne vois pas d'autre explication!

— Dommage, laissa tomber Claire comme un couperet en même temps qu'une ombre glissait sur son visage.

Elle a sorti de son sac un cadeau qu'elle a offert à Éric.

— Tiens, s'étonna ce dernier, une surprise! Ce n'est pourtant pas mon anniversaire!

Tandis qu'il retournait entre ses mains le paquet pour essayer d'en deviner le contenu, Claire l'observait comme un entomologiste aurait examiné un papillon épinglé sur un étaloir.

— A priori ce n'est ni une chemise ni un stylo!

Lorsqu'il a déchiré le papier d'emballage, Éric a eu un coup au cœur en découvrant le CD *The Essential Barbra Streisand*.

— J'espère que tu ne l'as pas déjà, s'inquiéta Claire.

— Non, répondit Éric en toussant pour se donner une contenance.

— Ce serait dommage d'avoir deux fois le même disque, n'est-ce pas? J'avais conservé le ticket de caisse au cas où tu aurais voulu le changer. Me voilà rassurée.

— Tu as très bien choisi. Je te remercie.

— Je pensais que ça te ferait plaisir de réécouter ces magnifiques chansons. Tu semblais tellement les apprécier, l'autre soir, au théâtre des Champs-Élysées...

Éric a cru défaillir.

— Tu étais là? bredouilla-t-il.

– À quatre rangs derrière vous. Le spectacle était aussi dans la salle, tu peux me croire…

Les yeux de Claire étaient maintenant deux meurtrières au feu desquelles Éric, malgré ses ruses ou ses détours, ne pourrait échapper.

– Je ne devais pas aller à ce concert, reprit-elle, mais une amie dont le mari était au lit avec la grippe m'a proposé de prendre sa place. C'est agaçant, ces gens qui tombent malades sans prévenir. Tu ne trouves pas?

Le souffle court, Éric attendait la suite avec angoisse.

– À quatre rangs derrière vous, a répété Claire comme s'il n'avait pas entendu la première fois. Le théâtre des Champs-Élysées est pourtant grand. Ce n'est pas de chance. Ni pour vous ni pour moi.

À leur arrivée avenue Montaigne, Éric avait pris soin de se séparer de Manon sur le trottoir pour ne la retrouver à l'orchestre que cinq minutes avant l'entrée en scène de Barbra Streisand. Ses précautions n'avaient pas suffi et voilà que le ciel lui tombait sur la tête.

– Et Manon, demanda Claire sur un ton mielleux, elle a aimé le concert? Parce que toi, elle a l'air de t'adorer! Et que je te souris! Et que je t'embrasse! Et que je te caresse la joue! Et que je m'appuie sur ton épaule! C'est l'amour fou, dis-moi! En revanche, comme discrétion, tu l'avoueras, on fait mieux!

Éric détestait l'idée d'avoir été épié pendant qu'il partageait avec Manon ces moments de douceur et d'émotion. Et brusquement il s'en voulait de ne pas s'être montré assez prudent comme il en voulait à cet imbécile d'être resté chez lui avec sa grippe.

— Depuis quand dure ce petit jeu? demanda Claire, les mâchoires serrées.

Éric a plissé le front comme s'il cherchait la réponse ou s'étonnait qu'elle lui posât la question.

— Quand? répéta Claire en tapant du poing sur la table.

— Je ne sais plus… Quatre ou cinq mois…

— Joli couple! Un père et sa fille! Miam-miam la bonne chair fraîche pour le vieux méchant loup! Tu n'avais sans doute pas assez de victimes à ton tableau de chasse!

— S'il te plaît, murmura Éric pour que Claire parle moins fort.

— J'espère que nous serons invités à la noce! Après tout, nous sommes à l'origine de votre rencontre! Et Vincent ferait un témoin très présentable! Il serait tellement heureux d'assister à votre mariage! Vous devriez y réfléchir!

— S'il te plaît…

D'habitude maîtresse d'elle-même, Claire ne se contrôlait plus. Sous l'effet du chagrin et de la fureur, son visage, avec ses sourcils froncés, les deux fentes grises de ses yeux et le pli amer de sa bouche, paraissait subir une transformation surnaturelle.

— Comment as-tu osé? Vis-à-vis de Vincent? Vis-à-vis de Jean? Et même vis-à-vis de moi? As-tu seulement songé aux conséquences s'ils apprenaient tes agissements? L'amitié ne signifie-t-elle donc rien pour toi? Comment as-tu pu nous tromper à ce point?

— Ça s'est fait comme ça, souffla Éric qui malgré tout était reconnaissant à Claire de n'avoir rien dit à son fils ni à son mari. Nous avons eu un coup de foudre…

– On les connaît, tes coups de foudre! Trois fois par jour tu as un coup de foudre! Dès qu'une femme apparaît tu as un coup de foudre!

– Et le hasard a fait le reste, conclut Éric. Voilà...

– Quoi, voilà? Quand une fille te plaît, il faut que tu la sautes? C'est ça?

– Je t'en prie.

– Désolée, il n'y a pas d'autre mot! hurla Claire en prenant à témoin les tables voisines qui sous le regard gêné des serveurs s'étaient tues et écoutaient la conversation.

«C'est pour vivre, songea Éric sans parvenir à l'exprimer. Pour croire que tout n'est pas bientôt fini.»

– Quand je pense que les dernières fois où nous nous sommes vus, tu as poussé le vice jusqu'à demander des nouvelles de Vincent dont tu n'as que faire! La preuve! Et aussi de Manon qui devait être dans ton lit deux heures plus tôt!

Claire ne croyait pas si bien dire.

Un soir où avec Jean elle était allée boire un verre boulevard Delessert, Éric venait en effet de recevoir la visite de Manon, et après qu'il l'eut prise sur le canapé, il avait juste eu le temps d'aérer le salon et d'y remettre de l'ordre avant leur arrivée.

– Tu n'as pas honte? Qui es-tu pour agir ainsi? Un monstre? Un détraqué?

Claire affichait son dégoût.

– Je comprends pourquoi Vincent trouvait Manon fuyante! Je comprends pourquoi elle n'avait plus le temps de me voir!

Éric en avait assez entendu.

– Et toi, demanda-t-il brutalement, tu n'as pas honte? Es-tu si exemplaire pour te permettre de m'insulter? Es-tu si vertueuse pour me donner des leçons de morale ? Aurais-tu par hasard perdu la mémoire ?

— Décidément, ton élégance est sans limites ! Si ça peut te rassurer, j'ai encore assez de mémoire pour savoir que tu la pollues !

Pressé d'en finir, Éric a jeté un coup d'œil machinal dans la rue Montfaucon où brillait un rayon de soleil.

Quand à nouveau il a regardé devant lui, un sourire étrange flottait sur le visage de Claire.

— Ça fait quoi, demanda-t-elle sur un ton redevenu mielleux, de baiser la petite amie de son fils ?

— Qu'est-ce que tu racontes ? s'étrangla Éric comme si une main invisible le saisissait à la gorge.

— La vérité. Vincent est ton fils. Il fallait bien que tu l'apprennes un jour…

— La colère t'égare. Tu perds la raison.

— Après la mémoire, la raison ! À t'écouter, il faudrait m'enfermer !

Claire hochait la tête avec mépris.

— Au lieu de me traiter de folle ou d'amnésique, tu ferais mieux de fouiller dans tes souvenirs puisque les tiens sont intacts.

— Comment veux-tu que je sois le père de ton fils ? C'est impossible.

— De NOTRE fils, corrigea Claire. Car, que cela te plaise ou non, il s'agit de NOTRE fils. Aurais-tu en plus la grossièreté de prétendre que nous n'avons jamais couché ensemble ?

Éric, qui avait essayé de déstabiliser Claire, était pris à son propre piège et ne trouvait rien à répondre.

— Le Paris Hôtel, chambre 34, ça te rappelle quelque chose ? Si ça t'intéresse, je peux aussi te donner le jour et l'heure…

Était-ce ce nom, «Paris Hôtel», auquel il n'avait plus jamais repensé? Les mots de Claire prononcés avec assurance? Même si l'idée lui faisait horreur, Éric a su qu'elle disait la vérité et il était anéanti.

Ce soir-là, Claire et Éric s'étaient donné rendez-vous à Montmartre. Une belle journée de juillet s'achevait et dans l'air tiède se mêlaient des odeurs de cigarette, de cuisine et de terre humide.

Alors qu'au-dessus de la ville s'éteignait un ciel de feu où clignotaient les premières étoiles, enivrés d'une joie simple, ils se promenèrent au hasard des rues. Claire se rappelait la robe indigo achetée rue de Rennes et déchirée plus tard dans un train, qu'elle portait alors, comme elle se rappelait la chemise bleue, le jean blanc et les baskets d'Éric.

Il faisait nuit lorsque, redescendus de la Butte, ils s'installèrent à une terrasse de la place Gustave-Toudouze. On finissait de dîner, dans les restaurants, et le brouhaha des conversations ajouté aux lumières polychromes donnait à l'endroit un air de fête. Heureux de veiller tard, des enfants couraient entre les arbres ou s'amusaient avec le souffle d'une grille d'aération. Rassemblés autour d'un banc, des amis se distrayaient en écoutant la scène de ménage qu'une femme, hors d'elle, faisait à son mari depuis la cabine téléphonique. Plus loin, un vieil homme aux longs cheveux blancs s'avançait à petits pas et glissait ses mains entre les caryatides de la fontaine Wallace pour se rafraîchir le visage.

Après cinq verres de mojito, Éric et Claire se croyaient en Espagne ou en Italie. La silhouette d'un passant, la maladresse d'un serveur ou un jeu de mots idiot déclenchaient leurs fous rires en même temps que l'alcool réveillait leur désir. Bientôt Éric promena ses lèvres dans le cou de Claire. Quand il l'embrassa sur la bouche, elle lui rendit son baiser.

— Que nous arrive-t-il ? demanda-t-elle alors qu'une main se hasardait sous sa robe.

Éric aida Claire à se lever et l'entraîna vers le haut de la rue Henri-Monnier où tout à l'heure, en descendant, il avait remarqué l'enseigne du Paris Hôtel. La tête posée sur son épaule, elle se laissa guider puisqu'elle en avait autant envie que lui. C'était l'été. C'était facile. Sans conséquence. Sans lendemain. Pourquoi se priver de cette aventure d'un soir dont Jean, qui était en reportage à l'autre bout de la Terre, ne saurait jamais rien ?

Sitôt entrée dans la chambre, Claire ôta ses sandales et ouvrit la fenêtre. Les bras repliés sur l'accoudoir, elle demeura un moment immobile. Puis, plusieurs fois de suite, elle tourna la tête de droite à gauche comme si elle cherchait le moyen de s'enfuir par les toits au cas où un incendie se déclarerait dans la cage d'escalier.

Elle regardait le Sacré-Cœur illuminé se découper sur le ciel bleu nuit, quand, frissonnante, elle sentit un souffle sur sa nuque. Délicatement Éric releva sa robe et lui caressa les reins. Après quoi il fit glisser le long de ses jambes sa culotte dont elle se libéra avec les pieds avant de se pencher sur l'accoudoir pour accueillir en elle ses doigts puis son sexe.

Tandis qu'elle contenait ses gémissements en se mordant les lèvres, une pensée lui traversa l'esprit ; une pensée qui ne lui ressemblait pas et dont elle fut la première surprise. Peut-être quelqu'un, dans un immeuble en face, les avait-il repérés, et, posté à sa fenêtre, lumières éteintes, se rinçait-il l'œil avec une paire de jumelles. Loin de lui déplaire, cette idée, au contraire, l'excitait, et ce fut presque à regret que Claire se laissa conduire jusqu'au lit où Éric finit de la déshabiller. Lorsque plus tard il s'abandonna dans un râle, l'horloge lumineuse, au-dessus de la table de chevet, indiquait 2 h 45. C'était le 7 juillet 1981.

— Il suffit d'une fois, reprit Claire sans préciser qu'à l'époque, elle et Jean ayant décidé d'avoir un enfant, elle ne prenait plus la pilule depuis trois mois.

Éric avait posé ses couverts et oublié sa pizza qui refroidissait dans son assiette.

— Pourquoi ne m'avoir rien dit ? demanda-t-il, la gorge sèche.

— Qu'est-ce que ça aurait changé ? Je n'aurais pas quitté Jean et tu n'aurais pas élevé Vincent. Surtout après ton départ pour New York. Et même si comme vous deux il avait les yeux bleus, par chance il ne te ressemblait pas. Alors, à quoi bon risquer un cataclysme ?

Soudain les yeux bleus de Vincent se confondaient avec les yeux bleus d'Iris dans l'esprit d'Éric qui avait du mal à réaliser que par une incroyable ironie du sort ce garçon qu'il n'aimait pas et cette fille qu'il chérissait étaient frère et sœur.

— Jean n'a jamais eu de soupçons ? demanda-t-il encore.

— Non. Dieu merci.

Cependant, lorsque le week-end où en Normandie elle découvrit sa grossesse, Claire eut peur de la lui annoncer. Peur qu'il ne se doutât de quelque chose puisqu'il était absent au moment où l'enfant qu'elle portait avait été conçu. Absorbé par son travail ou aveuglé par sa confiance, il ne posa aucune question et l'accueillit avec enthousiasme quand enfin il apprit la nouvelle.

– Te rappelles-tu, Jeannot, notre dîner au Balzar et notre promenade jusqu'aux lilas de Notre-Dame après la naissance de Vincent?

Depuis trente ans, Claire posait la question à son mari pour le plaisir de voir sur son visage le sourire du bonheur et de l'innocence.

– Jean était fou de Vincent et il a été avec lui merveilleux de générosité, d'amour et d'attention. Et quand on sait comment tes relations avec cet enfant se sont dégradées à mesure qu'il grandissait, je me dis qu'il n'a rien perdu au change et je me félicite d'avoir gardé le silence.

Claire a marqué un temps, avant d'ajouter :

– C'est d'ailleurs troublant de voir un père et son fils se détester aussi cordialement…

– Nos mauvaises relations, répliqua Éric, devraient te faire regretter ton silence, au contraire. Si tu m'avais parlé plus tôt, peut-être que tout aurait été différent entre Vincent et moi et que nous serions aujourd'hui les meilleurs des amis.

Comme si jamais de sa vie elle n'avait entendu une chose plus stupide, Claire a dévisagé Éric avec un mélange de curiosité et de stupéfaction.

– Aurais-tu oublié l'après-midi où, à son retour de l'école, il t'avait surpris en train d'essayer de m'embrasser? Imagines-tu le choc pour lui qui te connaissait depuis toujours? Comment aurait-il pu ne pas t'en vouloir de séduire sa mère et de trahir son père? Une foucade? Une envie? Une pulsion? Qu'est-ce qui t'avait pris, ce jour-là? Tu venais de te marier, mais peut-être espérais-tu qu'on allait remettre ça vite fait…

Éric a ignoré le sarcasme.

— Pourquoi m'avoir demandé d'être le parrain de Vincent?

— C'était une idée de Jean. Il y tenait beaucoup. Tu étais un de nos meilleurs amis. Du moins le pensait-il. Et moi aussi, d'une certaine manière. Alors, quelle raison avais-je de m'y opposer?

Claire avait retrouvé son calme, mais il y avait toujours de la colère dans ses yeux gris; une colère qui jamais ne laisserait place à l'excuse, au pardon.

— Maintenant, exigea-t-elle, tu vas me promettre de quitter Manon et de ne plus chercher à la revoir. Je veux qu'elle et Vincent se retrouvent et que tout rentre dans l'ordre. Tu leur as fait assez de mal. Tu nous as fait assez de mal.

Éric n'a pas répondu. Il pensait à Manon. À la peau de Manon. À sa bouche, à ses seins, à ses fesses, à son sexe, qu'il aimait tellement embrasser, lécher ou pénétrer. À Manon, dont personne, pas plus Claire qu'un autre, ne pourrait le séparer.

— De toute façon, reprit-elle, tu n'as pas le choix. Ou plutôt, je ne te laisse pas le choix. Et si tu refuses, je raconterai tout à Jean. Tu m'entends? Tout.

— Et ton mariage? répondit Éric comme si Claire déraisonnait. Tu penses à ton mariage?

— Ce sont mes affaires! Règle les tiennes!

L E SOLEIL, À TRAVERS LES STORES, diffusait dans la pièce une lumière douce. Quatre chaises et une table constituaient la salle à manger tandis que plus loin deux bergères et un canapé disposés devant un mur tapissé de livres composaient le salon. Sur une commode, entre les portes-fenêtres, la photo d'un enfant à skis voisinait avec une danseuse en terre cuite et un bouquet de fleurs séchées.

Même si elle venait de prendre la clef chez la concierge, Manon avait l'impression d'être entrée par effraction dans cet univers qui n'était pas le sien. Après s'être attardée devant une toile qu'elle n'avait jamais vue, elle a fait le tour de l'appartement.

Jadis blanche et vétuste, la cuisine était maintenant rouge et moderne. Seule l'horloge accrochée au-dessus d'un tableau métallique où étaient aimantées des recettes découpées dans des magazines avait survécu aux transformations. À la place du buffet en bois clair, dans le renfoncement à gauche, une armoire vitrée laissait voir des plats, des assiettes, des verres, des casseroles. De l'autre côté, une table pliante, des tabourets et un frigo en inox assorti à l'évier, sous lequel étaient rassemblés les produits d'entretien, avaient fait leur apparition. Excepté une boîte de sardines à l'huile et un pot de confiture périmés, le placard était vide. Tout à l'heure il faudrait descendre à l'épicerie repérée en arrivant.

La chambre, avec ses murs nus et sa moquette beige, était toujours dépouillée, mais le lit, semblait-il, prenait plus d'espace qu'autrefois. Inoccupée depuis longtemps, elle sentait le renfermé et Manon a ouvert la fenêtre pour aérer. Comme prévu elle a trouvé dans la penderie, en plus des couvertures, des draps et des taies d'oreiller soigneusement repassés.

La salle de bains elle aussi avait été rénovée. On y avait refait la peinture, changé le carrelage, la douche, le lavabo, et installé des spots au plafond. Avec son chauffe-serviettes et ses tablettes où des peignoirs étaient empilés sous les shampoings, les lotions et les savons, elle donnait l'apparence d'un écrin luxueux et confortable où il devait être délicieux de passer des heures à prendre soin de son corps. Avant d'éteindre la lumière, Manon, en se regardant dans le miroir, a vu sur son visage les émotions de la nuit.

Revenue au salon, elle s'est arrêtée devant ses valises que le chauffeur de taxi l'avait aidée à monter dans l'ascenseur. De la plus grande dépassaient les pans d'une robe qui traînaient sur le parquet et cette image la ramenait à son départ précipité. Plutôt que de ranger ses affaires pour s'approprier son nouveau territoire, elle a ôté sa veste et remonté les stores des portes-fenêtres, puis elle est sortie sur le balcon.

Le soleil d'avril était réconfortant et Manon, même si elle plissait les yeux, ne souffrait plus de son éclat comme après le passage à l'heure d'été. Appuyée à la rambarde elle observait, cinq étages plus bas, la circulation dans la rue Bertin-Poirée, ou suivait du regard les piétons sur les trottoirs.

Tournant la tête vers la rue de Rivoli, elle s'est rappelé une soirée dans le quartier, il y a un an. Des amis avaient convié sur leur terrasse une vingtaine de personnes pour célébrer le printemps, mais il faisait si chaud et les robes étaient si légères qu'on se serait cru en été. On avait bu, ri et dansé jusqu'à ce que la police, à la demande des voisins incommodés par le bruit, vienne jouer les trouble-fête.

Les relations entre Manon et Vincent étaient déjà tendues, alors, mais les vacances approchaient, et avec un peu de chance les choses s'arrangeraient. Mais rien ne s'était arrangé, et aujourd'hui Manon éprouvait un sentiment étrange à l'idée que, pour la première fois depuis leur rencontre, elle vivrait le printemps sans Vincent.

Hier soir, après le dîner, Manon remettait de l'ordre dans la cuisine pendant qu'avachi devant la télévision Vincent passait d'une chaîne à une autre.

– Ça te dirait d'aller à Genève le week-end prochain ?

La question, posée après qu'un reportage eut mentionné la ville suisse, l'avait surprise au moment où elle glissait les verres et les assiettes dans le lave-vaisselle.

– De respirer la bonne odeur de l'argent, même si ce n'est pas le nôtre ?

Concentrée sur ses tâches ménagères, elle haussa les épaules et mit au frigo le reste de risotto aux légumes, nettoya l'évier et jeta aux ordures la bouteille de chianti vide.

Quand Manon retourna au salon, Vincent avait lâché la télécommande et tapait sur le clavier de l'ordinateur posé sur ses genoux.

– Que fais-tu ?

– Je consulte le site d'Air France, dit-il sans lever le nez. Ça me plairait de t'emmener à Genève. Le lac est si beau à cette saison.

Aussitôt elle pensa à la photo du jet d'eau, dans son iPhone, et à «Irène Bergues». Et alors que Vincent, tout en poursuivant ses recherches, continuait à parler de Genève, Manon se rappela ses deux jours avec Éric. Sa joie lorsqu'il avait frappé à sa porte. L'amour avant son rendez-vous. Le dîner au Café Papon. L'amour, encore, devant le miroir. Et la promenade dans le soleil du matin. Autant de souvenirs qu'elle aurait eu l'impression de salir avec Vincent.

– À moins, dit-il, que tu préfères retourner à Amsterdam ?

Ils étaient allés là-bas deux semaines seulement après le dîner chez Katsuko. Enthousiasmés par cette escapade que leur bonheur avait rendue inoubliable, ils découvrirent ensuite Édimbourg, Sienne, Florence, Lisbonne… Après quoi, Vincent la délaissant au profit de son travail, Manon apprit à organiser seule ses weekends. Maintenant que leur histoire était derrière eux, pourquoi vouloir partir en villégiature ?

– Parce que tu entends parler de Genève, tu veux m'emmener voir le lac ! Et si tu entendais parler du Groenland, tu voudrais m'emmener voir les icebergs ! J'espère que tu as plus d'imagination dans ton travail, sinon tu es mal barré !

Surpris par la violence de Manon, Vincent coupa le son de la télévision.

– Si tu avais deux sous de jugeote, poursuivit-elle, tu ne me proposerais pas d'aller à Genève! Primo parce que je vais souvent là-bas pour la galerie, et secundo parce que je t'ai déjà dit que cette ville n'a pour moi aucun intérêt!

– Tu as raison. J'aurais dû y penser. Pardonne-moi. Je voulais juste te faire plaisir.

– Me faire plaisir? Qu'est-ce qui te prend, tout à coup, de vouloir me faire plaisir? N'est-ce pas depuis longtemps le dernier de tes soucis?

Manon, elle aussi, était surprise de ce qui était en train d'arriver et elle serrait le poing comme si elle essayait de dominer sa colère. Mais quelque chose en elle venait de céder, et, brusquement libérée, elle n'avait pas peur de se montrer blessante.

– Dans ce cas, enchaîna Vincent en ignorant ce dernier reproche, allons à Bratislava. Nous ne connaissons pas Bratislava.

Alors qu'il regardait à nouveau l'écran, Manon, d'un geste sec, referma l'ordinateur et le lui arracha des mains.

– Nous n'irons nulle part! lança-t-elle. Pas plus à Amsterdam qu'à Bratislava, Genève ou Tombouctou! C'est fini! Je te quitte!

Jamais, au cours de leurs disputes, elle n'avait encore prononcé ces mots et ils se regardèrent, stupéfaits.

– Qu'est-ce que tu racontes? balbutia Vincent, le visage brusquement décomposé.

– C'est fini! répéta Manon. Je te quitte!

– Tu ne penses pas ce que tu dis! D'ailleurs, tu n'y as même pas réfléchi!

Elle accueillit avec un sourire cruel la banalité de cette réplique.

– Au contraire! répliqua-t-elle. Je n'y ai que trop réfléchi et tu le sais très bien! Devant ta négligence, ne t'ai-je pas dit mon

154

chagrin et ma solitude? Devant ton refus de faire un enfant, ne t'ai-je pas signifié ma déception et ma lassitude? Qu'as-tu fait pour améliorer les choses? Rien! Absolument rien! Seul ton travail comptait, et il ne fallait pas t'ennuyer avec mes états d'âme! À présent, c'est toi qui m'ennuies! Tu m'ennuies à mourir! Et je t'en veux d'avoir sacrifié notre bonheur à ton ambition médiocre et dérisoire!

Abasourdi, Vincent gonfla les joues comme un enfant pris en faute. Quel con! L'été dernier, en Normandie, il s'était pourtant juré de reconquérir Manon. Et à la rentrée, une fois encore il avait laissé les clients et les projets lui voler tout son temps.

Malgré son inquiétude, il refusait d'envisager le pire et il était prêt à tout pour retenir Manon.

— C'est vrai, concéda-t-il, que ces derniers mois j'ai été très occupé. Les enjeux étaient importants et la pression, à l'agence, toujours plus forte. Je devais faire mes preuves. Je n'avais pas droit à l'erreur. Aussi ne crois pas que j'ai sacrifié notre bonheur à mon ambition, comme tu dis. Pour quoi penses-tu que j'ai abattu tout ce travail? Pour notre bonheur, justement. Pour notre avenir. Pour que nos rêves se réalisent.

Il a marqué un temps, avant d'ajouter:

— Des années merveilleuses nous attendent. J'en suis sûr. Alors je t'en prie, même si j'en ai trop fait, donne-nous encore une chance.

— Je ne crois plus en toi! cingla Manon. Je ne crois plus en nous! Il n'y a plus ni vie ni amour dans notre histoire! Deux colocataires qui dorment chacun de son côté du lit et se croisent dans l'ascenseur! Voilà ce que nous sommes devenus! Voilà ce que tu as fait de nous!

Comme si après ce constat elle avait besoin de se changer les idées, elle jeta un coup d'œil à la télévision où une Indienne en sari jaune et vert marchait dans une rue en tenant dans ses bras son enfant endormi. Le son étant coupé, Manon ne saurait jamais qui était cette femme à la grâce aérienne ni pourquoi une équipe de télévision la filmait tandis qu'elle se frayait un chemin dans un décor de misère et rejoignait un taudis qui était peut-être sa maison.

— Et si on se mariait?

— Je t'annonce que c'est fini, et tu me parles de mariage! Serais-tu stupide? Tu ne comprends donc pas que c'est trop tard? Beaucoup trop tard?

Soudain remplis de larmes, les yeux bleus de Vincent furent comme deux mers près de franchir une digue.

— Tu ne m'aimes plus?

— Non, je ne t'aime plus! Ça te va?

Non, ça ne lui allait pas, et malgré les coups qu'il venait de recevoir, il n'en avait pas fini.

— Il y a quelqu'un d'autre?

L'air mauvais, Manon le toisa.

— Je t'explique ce qui ne va plus entre nous, je te mets face à tes responsabilités, et tu trouves encore le moyen de te défausser! Quel courage! Quelle lucidité!

— Il y a quelqu'un d'autre?

Tremblant, il avait répété sa question d'une voix atone, et toute sa vie semblait suspendue à une réponse qu'il espérait autant qu'il la redoutait.

— Là n'est pas la question! Comment faut-il te le dire?

— Il y a quelqu'un d'autre?

– Non!

Alors, parce qu'il ne la croyait pas ou savait la partie perdue, Vincent, pour la première fois devant Manon, éclata en sanglots.

Restée seule dans le salon, Manon mesura les conséquences de ce qui venait d'être dit. Désormais, ses jours se passeraient loin de cet appartement qu'elle aurait voulu fuir sur-le-champ. Mais pour aller où? Elle laissa retomber sa tension en regardant sans les voir les images qui continuaient à défiler à la télévision. Quand le générique du *Journal de la nuit* apparut, elle éteignit le poste et les lampes. Après avoir hésité à s'étendre sur le canapé avec une couverture, elle se leva et se dirigea vers la chambre où, à son étonnement, elle trouva Vincent endormi. Dans la salle de bains, elle découvrit sur le rebord du lavabo une plaquette entamée de Lysanxia. Sa toilette terminée, et même si elle ne prenait jamais d'anxiolytiques, à son tour elle fit fondre sous sa langue un comprimé bleu.

Assommé par le médicament, la fatigue et le chianti, Vincent ne réagit pas quand Manon se glissa dans le lit.

«Ce serait une autre femme, un animal ou un voleur, songea-t-elle, il ne sentirait pas la différence.»

Bercée par sa respiration qui parfois s'arrêtait comme s'il rendait son dernier soupir, ou agacée par ses grognements alors qu'il se retournait en tirant sur la couette, elle resta éveillée une partie de la nuit malgré le Lysanxia. Se demandant où elle irait habiter maintenant qu'elle l'avait quitté, elle le repoussait quand dans son sommeil il l'enlaçait, et claquait des doigts lorsqu'il ronflait.

Même si elle aurait pu s'installer boulevard Delessert, plus que de vivre avec un autre homme Manon éprouvait le besoin de prendre du recul. Et puis, elle ne voulait pas compliquer davantage la situation d'Éric vis-à-vis de Claire et Jean.

Quand elle lui annoncerait s'être séparée de Vincent, elle serait déçue s'il ne manifestait aucune joie. Depuis plusieurs semaines, en effet, elle surprenait de la gravité sur son visage, et quand il n'annulait pas leurs rendez-vous au dernier moment, il se montrait au lit moins passionné.

— Qu'est-ce qui ne va pas? demanda-t-elle un après-midi où il semblait particulièrement soucieux. Qu'est-ce que tu me caches?

— Rien. Nous sommes ensemble. Tout va bien.

— Tu es sûr? Peut-être es-tu las de moi? Peut-être es-tu las de nous?

— Ne dis pas de bêtises, répliqua-t-il, l'esprit toujours ailleurs.

Au milieu de la nuit, qui la renvoyait aux nuits de son enfance où, cachée sous les draps, elle imaginait des monstres prêts à l'attaquer si elle s'endormait, elle eut l'idée d'aller habiter le studio de sa mère, rue d'Assas. Certes il était petit, mais il lui permettait au moins de se rendre à pied à la galerie. À l'instant de basculer enfin dans le sommeil, elle se ravisa. La rue d'Assas était voisine de la rue Notre-Dame-des-Champs, et Manon, en faisant ses courses ou en se promenant dans le quartier, risquait à tout moment de tomber sur les Lavigne — ou sur Vincent. Sans compter que ce dernier, connaissant l'adresse du studio, ne tarderait pas à débarquer pour essayer de la faire revenir sur sa décision. Ce qu'elle voulait éviter.

Le camion des éboueurs venait de la réveiller et Vincent se préparait à partir pour Grenoble visiter un chantier lorsqu'elle décida de demander à son amie Sonia, qui vivait à Berlin avec son mari et leur fils, l'autorisation d'occuper son appartement de la rue Bertin-Poirée.

Après avoir pris sa douche et jeté le mot que Vincent avait laissé sur la table de la cuisine pour la supplier de ne pas brusquer les choses, Manon appela Sonia.

– Moi qui espérais ta visite! regretta son amie quand elle lui eut exposé la situation.

Cette dernière et son mari ne prévoyaient pas de venir à Paris dans l'immédiat et Manon pouvait s'installer dans l'appartement aussi longtemps qu'elle le souhaitait.

– Ça te rappellera des souvenirs! plaisanta Sonia en se remémorant leurs soirées trop arrosées d'étudiantes dissipées.

Comme Éric depuis son retour en France, Manon fut grisée à la perspective de vivre à nouveau seule.

Plus tard, elle fit part à Jérôme des événements de la soirée et de sa décision de travailler pendant quelque temps rue Bertin-Poirée, avec le téléphone et Internet, en donnant ses rendez-vous loin de la galerie. Elle préférait être absente le jour où Vincent, sans nouvelles d'elle, débarquerait rue Guénégaud.

Plus tard encore, ignorant le chagrin de Vincent quand ce soir il rentrerait de Grenoble, elle remplit de vêtements une valise qu'elle ne put fermer qu'en s'asseyant dessus. Dans une autre, elle entassa des chaussures, un sac à main rempli de bijoux, sa trousse de toilette, et une écharpe, des photos, des livres et un paquet de lettres hérités de son père. La commode, la bibliothèque, les chaises et la table de bridge pouvaient attendre. Et tant pis si, triste ou vexé, Vincent, qu'elle savait pourtant honnête, refusait de les lui rendre.

Lorsque depuis la fenêtre elle vit le taxi se garer en double file, elle mit sa veste et poussa les valises sur le palier. Après quoi, sans un dernier regard à cet appartement où elle avait vécu quatre ans, elle claqua la porte derrière elle et appela l'ascenseur.

À quelques rues de là, tandis que la voiture longeait le parc Monceau, Manon pensa, devant les feuilles vertes et fraîches des marronniers en fleur, que pour elle aussi, qui s'en allait vers une nouvelle vie, c'était une renaissance.

– Pourquoi ne m'a-t-elle pas écouté? Pourquoi n'en a-t-elle fait qu'à sa tête?

Le visage inondé de larmes, Jean trépignait dans son fauteuil.

– Cent fois je l'avais mise en garde! Cent fois je lui avais demandé de ne plus se déplacer à vélo! Sous prétexte qu'elle n'aimait pas le métro et se sentait plus libre ainsi, elle ne voulait rien entendre! Et voilà le résultat!

La voix brisée par l'émotion, Jean a encore tapé des pieds.

– Pourquoi n'ai-je pas mis un soir sa bicyclette sur le trottoir pour qu'on la lui vole? Pourquoi? Pourquoi?

Parce que Jean savait bien que cela n'aurait servi à rien et que dès le lendemain une nouvelle bicyclette aurait remplacé la précédente.

– En Normandie, jamais je ne pensais à l'accident! Mais à Paris, où les gens roulent comme des dingues, brûlent les feux et changent de file sans prévenir, je tremblais quand je la voyais s'aventurer dans la circulation.

C'était la raison pour laquelle Jean, plutôt que de le savoir à scooter comme la plupart de ses amis qui les uns après les autres finissaient à l'hôpital, avait offert une vieille Mini à Vincent dès qu'il avait obtenu son permis de conduire.

— Que vais-je devenir maintenant?

Le nez enfoui dans un mouchoir, Jean a de nouveau éclaté en sanglots.

Il y avait deux heures qu'Éric consolait son ami et bientôt trois heures que ce dernier, affolé, l'avait appelé à la banque pendant une réunion.

— Claire a eu un accident! Le Samu vient de m'avertir! Je n'arrive pas à joindre Vincent!

Jean haletait dans le combiné comme il haletait le soir où, s'en voulant de ne pas savoir attendre le lendemain pour éviter à Éric une mauvaise nuit, il avait téléphoné très tard pour annoncer le suicide d'Elphège.

— Où est-elle?

— Aux urgences de l'hôpital Cochin! Je ne sais rien de plus sinon qu'on m'a parlé d'un «état d'aggravation»!

— Ne bouge pas. J'arrive.

Aussitôt Éric, avec l'appréhension de se retrouver face à Claire qu'il n'avait pas revue depuis leur déjeuner début mars, sauta dans sa voiture et fonça rue Notre-Dame-des-Champs puis à Cochin.

— Allez vous asseoir, répondit gentiment le Noir à l'accueil après que Jean eut décliné son identité et expliqué les raisons de sa venue. On va vous appeler.

Il y avait du monde dans la salle d'attente où flottait une odeur de sueur, et les visiteurs, installés sur les sièges le long des murs ou au milieu de la pièce, attendaient leur tour en bavardant, en lisant, ou en consultant leur téléphone portable qui parfois se mettait à sonner. Assis à l'écart dans un fauteuil roulant, un homme coiffé d'un chapeau, la jambe nue jusqu'au genou, plaisantait avec un camarade venu l'accompagner.

– Dos Santos!

– Mercier!

– Anderson!

Régulièrement la porte coulissante, au fond de la salle, où il était écrit en lettres rouges ZONE DE SOINS ACCÈS LIMITÉ, s'ouvrait sur des infirmiers. Accompagnés du visiteur qu'ils venaient d'appeler, ils faisaient demi-tour en même temps que la porte se refermait sur eux.

– Je te parie qu'on m'a oublié! marmonna Jean qui pour chasser son angoisse s'agitait sur sa chaise et fouillait ses poches.

– Il y a seulement des gens avant toi, le rassura Éric.

Reprenant sa respiration, Jean, incapable de stopper le mouvement de son pied, continua à promener un regard inquiet d'un visage à un autre, du pilier vert au pilier rouge et du carrelage aux fenêtres, jusqu'à ce que son attention fût attirée par trois garçons qui franchissaient l'entrée en tirant derrière eux des valises à roulettes et se dirigeaient vers l'accueil comme s'ils allaient faire enregistrer leurs bagages au comptoir d'une compagnie aérienne.

– Lavigne!

La porte coulissante venait de se rouvrir sur un médecin et une cadre de santé vêtus du même pyjama bleu que les infirmiers.

– C'est moi! s'exclama Jean en se levant d'un bond pour les rejoindre.

Aussitôt le médecin, sans un sourire et d'un geste rapide, entraîna Éric et Jean vers une pièce indépendante, à côté de l'entrée, sur la porte de laquelle on pouvait lire : ACCUEIL FAMILLES.

Percutée par un bus. Boulevard Saint-Michel. Polytraumatisée. Morte dans l'ambulance. Toujours Jean se rappellerait les fauteuils orange et les murs gris-bleu où était accrochée la photo d'un ponton en bois surplombant un lac dans une nature paisible, tandis que le médecin, avec beaucoup de tact, et sous le regard compatissant de son assistante, prononçait les mots qu'il aurait voulu ne jamais entendre.

— On peut la voir ? demanda Éric.

— Suivez-moi.

D'une main ferme pour éviter qu'il ne s'effondrât en chemin, Éric guida Jean dans le couloir de la zone de soins où une femme allongée sur un brancard feuilletait un journal pendant qu'alignés sur des chaises quatre hommes, un masque d'hygiène sur la bouche, un pansement sur la gorge ou une perfusion dans le bras, attendaient en silence qu'on s'occupe d'eux. Plus loin, des silhouettes précédées de chariots ou de civières se faufilaient le long des murs jaunes et bleus.

Un coussin sous le menton pour caler sa mâchoire, Claire reposait sur un lit-brancard dans une chambre individuelle. L'hôpital avait fait le maximum pour la rendre présentable, mais devant son nez cassé, sa pommette enfoncée et l'entaille sur son front, Jean se mit à pousser des hurlements qui redoublèrent lorsqu'il sentit sous ses doigts le visage encore tiède de sa femme.

À côté de lui, Éric, les larmes aux yeux, se rappelait la jeune femme blonde rencontrée au Luxembourg un matin d'orage et, trente-trois ans plus tard, la femme aux cheveux gris qui après leur dispute avait quitté Le Golfe de Naples sans lui dire au revoir. Entre ces deux moments se déroula dans sa tête le film en accéléré d'années heureuses où se succédaient des images de vacances, de promenades, de fous rires, de dîners, de fêtes, de voyages.

Pourquoi, depuis trois mois, Éric avait-il résisté à la tentation d'appeler Claire ? Pourquoi, alors qu'elle était si importante pour lui, n'avait-il pas essayé de se réconcilier avec elle ? Ils avaient tous les deux encore tant de choses à se dire. Surtout après qu'elle lui eut révélé ce secret dont il était désormais l'unique détenteur. Le destin, en les séparant avant même qu'ils ne soient séparés pour toujours, s'était montré cruel. À présent, Éric, pour qui tout un pan de vie venait aussi de s'écrouler, se retrouvait face à lui-même avec ses remords et ses regrets.

Au retour, Jean ne cessa de pleurer, et malgré leur longue amitié, jamais lui et Éric ne furent plus proches que quand ce dernier, à un feu rouge, boulevard de Port-Royal, lâcha le pommeau du levier de vitesses pour serrer très fort dans la sienne la main de son ami.

Après avoir tourné dans le quartier, Éric finit par trouver une place en haut de la rue Vavin. Alors qu'il s'attendait à ce que Jean, comme les animaux blessés qu'il avait pu observer en Afrique, veuille tout de suite aller cacher sa douleur, celui-ci, au contraire, n'était pas pressé de retrouver le décor dans lequel il avait vécu avec Claire pendant vingt-cinq ans.

– On va boire une bière ? proposa-t-il en désignant la terrasse du Select. Il fait si chaud.

De la mousse sur les lèvres, Jean vidait tranquillement son verre et souriait aux touristes espagnoles assises à la table voisine.

Même s'il avait retrouvé le contrôle de lui-même, Éric, redoutant une nouvelle crise de larmes, le surveillait du coin de l'œil et se tenait prêt à le ramener rue Notre-Dame-des-Champs.

La vie continuait, et pour Jean, qui donnait l'impression d'avoir oublié l'image de Claire sur son lit-brancard, seul comptait, semblait-il, le moment présent, et dans ce moment présent, la bière fraîche qui étanchait sa soif et les promeneurs insouciants par cette belle journée de juin. À peine formulés, ses propos inattendus sur les jambes des femmes ou le plaisir de traîner au soleil se perdaient dans les bruits de la circulation, et bientôt Éric fut stupéfait de voir briller dans ses yeux une lueur d'émerveillement comme s'il ne se trouvait plus boulevard Montparnasse, mais dans une île grecque face à une mer turquoise. Oui, la vie continuait. Pourtant, depuis leur départ de l'hôpital, Claire avait dû être transférée à la morgue et glissée dans l'obscurité d'un tiroir. C'était incroyable de penser qu'en dehors d'eux, personne encore, pas même Vincent, n'était informé de sa disparition.

Après y avoir jeté des glaçons, Jean a versé du whisky dans les verres posés devant lui. Revenu à la réalité depuis qu'il avait retrouvé son appartement, et son chagrin balayant sa pudeur, il a raconté à Éric – même si ces détails le torturaient autant qu'ils le soulageaient – comment ce matin il avait fait l'amour à Claire avec la fougue des premiers jours.

– Jamais, dit-il, je ne l'ai touchée sans mesurer ma chance de l'avoir rencontrée.

Songeant à la petite tache brune qu'il aimait caresser sur l'épaule de sa femme lorsqu'elle était allongée nue contre lui, Jean, bouleversé à l'idée d'en être privé à jamais, s'est interrompu.

— Si tu savais, reprit-il, quel bonheur c'était d'être dans ses bras, au creux d'un lit, le nez enfoui dans son cou...

— J'imagine, murmura Éric en baissant les yeux sur le tapis étalé à ses pieds.

Au petit déjeuner, Claire, bien qu'inquiète pour Vincent depuis qu'il était seul, se montra très gaie. Et à voir la vitesse à laquelle elle but son café et avala ses toasts, l'amour, apparemment, lui avait donné faim.

Sa tasse vide, elle déplia le journal et consulta les programmes des cinémas.

— Tiens, *L'Incompris* repasse au Champollion! Souviens-toi comme nous avions pleuré en le voyant!

— J'y avais laissé un paquet de kleenex! confirma Jean. Merci, Comencini!

Se rappelant l'histoire tragique de ce père de famille resté seul avec ses deux jeunes garçons après la mort de sa femme, dont l'aîné se tue en tombant d'un arbre, Claire eut une pensée étrange.

— Mon fils est peut-être malheureux, se dit-elle, mais lui, au moins, il est vivant.

Elle jeta un coup d'œil par la fenêtre puis regarda son mari qui mangeait du raisin.

— Tu ne veux pas, demanda-t-elle en riant, qu'on retourne voir ce film? Le soleil brille. Les oiseaux chantent. L'été est là. N'est-ce pas la journée idéale pour s'enfermer dans une salle et pleurer un bon coup?

Jean, qui lui aussi était de bonne humeur, n'avait pas spécialement envie de pleurer. Et puis, cet après-midi, il devait rédiger un projet de script pour une maison de production et il n'avait pas plus le temps d'aller au cinéma que de se promener.

La séance, au Champollion, était à 16 heures. Claire et Jean convinrent de se retrouver à 18 heures au Balzar pour boire un verre. Après quoi, Claire prit une douche, s'habilla et sortit.

Lorsque, à 14 h 30, il l'appela pour lui signaler l'oubli de son portefeuille sur la console de l'entrée, Jean tomba sur la messagerie. Il fit une nouvelle tentative, puis une autre, puis encore une autre. En vain. Peut-être Claire avait-elle préféré aller à la séance de 14 heures. Auquel cas elle le rappellerait en sortant du cinéma et il n'y avait aucune raison de s'inquiéter. Cependant, à mesure que le temps passait, et même s'il lui arrivait quelquefois de ne pas réussir à la joindre, il sentit l'angoisse monter en lui. Il avait abandonné son travail et tournait en rond dans l'appartement lorsqu'il reçut l'appel du Samu. Comment les choses, en l'espace de quelques heures, pouvaient-elles aussi mal tourner ? Comment la frontière entre le bonheur et le drame, entre la vie et la mort, pouvait-elle être aussi mince ?

Tout à coup Jean était pris d'un doute :

– Claire savait-elle combien je l'aimais ? Savait-elle seulement cela ?

– Bien sûr qu'elle le savait, répondit Éric avec douceur. Chacun de tes gestes et de tes regards lui en apportait la preuve et c'est ce qui la rendait heureuse. Elle aussi, elle t'aimait. Elle t'aimait à la folie.

Malgré son chagrin, Éric, depuis qu'il sirotait du whisky rue Notre-Dame-des-Champs, se sentait délivré d'un poids maintenant que son histoire avec Manon n'était plus menacée et qu'ils avaient à nouveau l'avenir devant eux. Et, pensant au ciel redevenu bleu au-dessus de leurs têtes, il ne pouvait s'empêcher d'éprouver, malgré les circonstances, un soulagement qui, autant pour le rassurer que par goût de l'affabulation, le poussait à mentir à Jean.

— Les autres hommes, reprit-il, n'intéressaient pas Claire. Ça sautait aux yeux. Comme tout le monde, elle pouvait être sensible à leur intelligence, à leur charme ou à leur humour, mais jamais, dans son esprit, ils ne t'arrivaient à la cheville. Ce n'était pas rien, son Jeannot! Aussi tu avais raison, lorsque tu te trouvais à l'autre bout du monde, d'avoir confiance en elle. De toutes les femmes que je connais, elle était la dernière qui aurait pu s'offrir une aventure...

Emporté par ses mots, Éric ne craignait pas de se montrer inconvenant, cynique ou excessif, et après une gorgée de whisky, il a poursuivi :

— Je n'oublierai jamais sa voix le jour où elle m'a appelé pour me parler de toi. Elle ne t'avait vu qu'une fois et déjà elle était sûre de l'amour qui allait naître entre vous. C'est rare, un amour si fort, un amour si grand qu'il ne laisse place qu'à cet amour. Souvent je vous ai enviés de vous aimer à ce point et je t'en ai voulu d'avoir séduit avant moi cette fille que j'avais connue avant toi!

Malgré ce trait d'humour, Éric n'a pas obtenu de Jean le sourire espéré.

— Et puis, a-t-il encore ajouté, Claire t'a fait le plus beau des cadeaux en te donnant un fils à travers lequel elle va continuer à vivre...

— Pauvre Vincent... Lui déjà si éprouvé par sa rupture avec Manon... Quand il va apprendre que sa mère est morte...

À l'idée de ce nouveau chagrin qui allait frapper son fils, Jean s'est tu et a fermé les yeux.

Lorsqu'il a recommencé à parler, il y avait du dépit dans sa voix :

— Vincent et Manon allaient bien ensemble et nous étions contents qu'il ait rencontré une fille aussi délicieuse. N'était-elle pas charmante, l'été dernier, en Normandie?

— Charmante, approuva Éric sans, cette fois, baisser les yeux.

— Elle paraissait pourtant équilibrée. Qu'a-t-il pu se passer pour qu'elle s'en aille sans prévenir?

Comme s'il attendait d'Éric une réponse, Jean laissait le silence se prolonger.

— Peut-être a-t-elle besoin de réfléchir pour mieux revenir?

«Les femmes ne reviennent jamais», semblait penser Jean qui avait su garder la sienne auprès de lui.

À cet instant, un signal sonore a retenti. «Ton sexe me manque», a lu Éric en sortant de sa poche son téléphone.

— C'est la banque, dit-il. Rien d'important.

Depuis quelques jours, Manon était chez sa mère qui venait de se faire opérer de la cataracte. Éric l'imagina à demi nue, sur une terrasse ensoleillée, en train de boire un jus de fruits et de s'amuser avec son iPhone pendant que sa mère, les yeux protégés par des lunettes noires qu'elle ne quittait pas de la journée, restait confinée dans la maison. Manon, elle aussi, aurait du chagrin quand elle apprendrait la mort de Claire.

À son tour, Jean, qui avait demandé à Vincent de le rappeler, a consulté son portable.

— Mais que fait-il, bon Dieu? Je lui ai laissé trois messages!

Tandis que Jean leur servait un quatrième whisky avec l'intention évidente de se soûler, Éric, qui n'avait pas revu Vincent depuis le départ de Manon, se dit qu'en effet mieux valait être ivre quand il sonnerait à la porte.

L A FAMILLE ET LES AMIS étaient venus nombreux se recueillir devant la dépouille de Claire. À la demande de Jean, elle avait été ramenée de l'hôpital Cochin et reposait dans son bureau sur une table réfrigérante. Les derniers visiteurs partis, Vincent s'était éclipsé à son tour en attendant de revenir demain pour la mise en bière, et Jean se retrouvait seul avec elle pour un ultime tête-à-tête.

Il était reconnaissant aux employés des pompes funèbres d'avoir arrangé son visage même si à la vue de ses blessures il ne pouvait s'empêcher d'imaginer une fois encore les circonstances de l'accident et la violence du choc. Le buste incliné, il détaillait ses traits et se rappelait, devant ses pattes-d'oie, ses éclats de rire et ses yeux plissés lorsqu'elle prenait des photos ou que la lumière la gênait. Ses froncements de sourcils, quand elle travaillait, lisait ou réfléchissait, avaient creusé deux sillons verticaux au-dessus de son nez tandis que ses étonnements, ses admirations ou ses inquiétudes avaient barré son front de quatre rides transversales. Devant ses paupières closes, il avait la gorge nouée en pensant à ses beaux yeux gris qui dans deux mois auraient disparu.

Concentré sur ses lèvres il se souvenait du jour où, à la fenêtre d'un salon, rue de Rivoli, elles lui avaient souri pour la première fois, et de l'après-midi où dans la lumière ensorcelante de septembre elles s'étaient laissé embrasser sur le pont des Arts. Une touche de rouge leur donnait un air de fête, et à force de les examiner, il croyait les voir remuer et chuchoter ce mot :

– Jeannot.

Hier, profitant d'être seul entre deux visites, il était entré dans le dressing pour se recueillir devant les vêtements de sa femme. L'un après l'autre ils faisaient ressurgir des moments heureux, à Paris, en Normandie ou ailleurs, auxquels il s'en voulait de n'avoir pas assez prêté attention sur le coup, comme si la vie ne devait jamais se finir et la source de tous ces bonheurs ne jamais se tarir. Les pulls, les chemises, les vestes, les foulards étaient imprégnés de Shalimar. Après l'avoir envoûté, ce parfum ne ferait plus que réveiller son chagrin quand par hasard il le respirerait sur une autre femme.

Il a froissé dans sa main un pan de la robe en organdi bleu lavande dont il avait voulu qu'elle fût vêtue pour toujours. Il revoyait la pose efféminée du vendeur en train de lisser sa petite moustache noire avec un air admiratif pendant que sa cliente, redevenue mannequin le temps de l'essayage, allait et venait devant les miroirs de sa boutique. D'une élégante simplicité, cette robe soulignait en effet sa silhouette parfaite, et un soir où ils s'apprêtaient à rejoindre des amis, Jean n'avait pas laissé à Claire le temps de l'ôter avant de la renverser sur leur lit…

Malgré toutes les fleurs dans l'appartement, il avait commandé chez Guillon Fleurs, boulevard Raspail, un gros bouquet de pivoines roses semblable au premier bouquet qu'il lui avait offert sans savoir qu'elles étaient ses fleurs préférées. Sitôt livrées, il les avait disposées dans un vase et placées à la tête de la table réfrigérante pour que la défunte, jusqu'à l'instant redouté où l'on fermerait son cercueil et où elle disparaîtrait pour toujours, profite de leur éclat.

À nouveau il a considéré son visage endormi qui le renvoyait aux êtres chers dont la mort l'avait laissé inconsolable – où donc trouvait-on la force de survivre à ces séparations? Privé lui aussi de sa femme, qui elle, par chance, lui était restée fidèle, il comprenait mieux le désespoir d'Elphège après le départ de Barbara.

Tous ces gens qu'il avait aimés et dont les voix depuis longtemps éteintes ne résonnaient plus que dans sa tête, où se trouvaient-ils à présent? Dans quelle dimension? Dans quel espace? Avait-il seulement une chance de les revoir un jour?

Il s'était posé la question il y a quatre ans, après que sa mère se fut éteinte en s'agrippant à lui comme si dans un dernier sursaut elle essayait de se retenir à la vie. Prévenu par les médecins qu'elle ne passerait pas la nuit, il l'avait veillée jusqu'au matin. À quatre heures, épuisée et méconnaissable, elle trouva encore la force de sourire sous son masque à oxygène quand il lui caressa les cheveux en lui disant qu'il l'aimait.

«Comme il a été gai de vivre», pensa la mourante en même temps que des images floues émergeaient de sa mémoire défaillante.

À 5 heures, c'était fini.

Alors que l'infirmière de garde rangeait la chambre et débranchait les moniteurs qui entouraient le lit, Jean referma la porte derrière lui et traversa les couloirs déserts de la Salpêtrière. Dehors, malheureux de l'avoir perdue mais soulagé de la savoir délivrée, il contempla le ciel noir en pensant à sa mère.

– Où es-tu? Où es-tu maintenant? demanda-t-il à voix haute avant de fermer son manteau et de se diriger vers la sortie de l'hôpital.

Jean s'est levé et promenait son regard à travers la pièce qu'éclairaient trois lampes d'architecte. Sur le bureau, où trônait une statuette de femme en ébène rapportée de Tanzanie, un ordinateur voisinait avec un compte-fils, un disque dur externe, un coupe-papier, un bloc-notes, un pot à crayons et une paire de lunettes que sa femme ne mettait que pour lire et écrire. À côté reposaient sur les étagères d'un meuble à roulettes une imprimante, une rame de papier, une chaîne hi-fi et des CD rangés par ordre alphabétique. La bibliothèque débordait de catalogues, d'albums et de dossiers. Outre des bibelots, des gouaches et son Nikon F2, Claire y avait glissé des portraits qu'elle aimait de son mari, de son fils, d'amis ou d'inconnus, ainsi que des photos d'elle à différentes époques de sa vie.

Jean s'est attardé devant celle où Claire, dans son lit, à la maternité Saint-Vincent-de-Paul, tenait dans ses bras Vincent âgé de deux jours. Face à cette image, qui pour lui symbolisait le bonheur absolu, il s'est rappelé le soir de septembre où elle lui avait fait la surprise de venir l'accueillir à Roissy.

Il y avait quelque chose de changé dans sa silhouette lorsqu'elle s'était avancée pour l'embrasser.

– Je suis si heureuse de te revoir, mon amour. Tu as fait bon voyage?

Un sourire mystérieux flottait sur son visage et il mit sa pâleur sur le compte de la lumière blafarde qui tombait des plafonniers.

Après qu'il eut récupéré ses bagages sur le tapis roulant, elle s'accrocha à son bras pour marcher jusqu'à la station de taxis la plus proche et continua à sourire tandis que blotti contre elle sur la banquette arrière il racontait son séjour au Viêtnam.

Ils arrivaient Porte de la Chapelle quand elle lui prit doucement la main et la posa sur son ventre. Fou de joie, Jean songea alors qu'ils n'étaient pas trois dans la voiture, mais quatre avec l'enfant que portait Claire.

– J'avais tellement hâte que tu rentres pour te l'annoncer! dit-elle. Depuis mon réveil ce matin, j'attendais ce moment!

Elle venait de faire de lui le plus heureux des hommes et il se sentait tout à coup plus grand que la tour Eiffel, plus grand que le monde, plus grand que l'univers.

– C'est pour quand?

– Début avril!

– Un petit Bélier!

– Comme toi!

Il embrassa sa femme puis, savourant cet instant unique de son existence, il baissa la vitre pour contempler les lumières de la ville qu'il n'avait jamais été aussi heureux de revoir. Et si la nouvelle de sa prochaine paternité avait effacé d'un coup la fatigue des douze heures d'avion, Jean, plutôt que d'aller danser toute la nuit, rentra fêter l'événement avec Claire en buvant du champagne et en faisant l'amour.

Le bruit, dehors, a sorti Jean de sa rêverie. Enfermé avec la mort depuis deux jours, il s'est approché de la fenêtre et a écarté le rideau. Comme ils lui semblaient loin ces garçons en train de faire les idiots aux terrasses des cafés pour amuser les filles, ce couple sur un banc dont c'était peut-être le premier rendez-vous, ou ces gens seulement heureux de dîner sans rien demander à personne. Devant ces choses simples de la vie qui le ramenaient à tout ce qu'il avait perdu avec Claire, il a laissé retomber le rideau en hurlant sa douleur.

Après avoir retrouvé son calme, Jean a pris le CD du *Requiem* de Mozart et l'a glissé dans le lecteur de la chaîne hi-fi. Muni de la télécommande il s'est assis sur le canapé où Claire, lorsqu'elle ne travaillait pas, aimait téléphoner, lire ou écouter de la musique.

Dès les premières notes, d'autres souvenirs, sans ordre ni logique, ont commencé à tourner dans sa tête. Claire, coiffée d'un panama, en culotte et les seins nus, dans la chambre, rue Le Goff. Leur difficulté à se quitter, au début, quand il partait en reportage. Son habitude, aux quatre coins du monde, de calculer les fuseaux horaires en essayant d'imaginer ce que faisait sa femme, en France, au même moment. Son impatience de la serrer dans ses bras quand l'avion, après avoir survolé des océans, des mers ou des continents, se posait enfin sur la piste. Les dimanches à la ménagerie du Jardin des Plantes avec Vincent dans sa poussette. Le matin où, plus inquiets que lui, ils l'avaient accompagné pour sa première rentrée scolaire. Les larmes de Claire à la mort de Pot-de-Colle, le scottish terrier recueilli sur la plage sept ans plus tôt. Son fou rire en écoutant Éric raconter l'histoire de l'ours et du manchot qui font du stop sur la banquise. Sa ligne de hanche quand pendant le dîner elle se levait pour allumer le photophore. Sa fierté lors de sa première exposition arlésienne. Son étreinte, sur le vaporetto, le soir de leurs vingt ans de mariage. Ce moment intense, à l'Alpe-d'Huez, où, allongés dans la neige, ils avaient admiré, entre deux baisers, les glaciers sous l'azur…

Quand elles ont surgi dans son esprit, Jean a chassé les images de Claire en Normandie, il y a quinze jours – comment aurait-il pu deviner, lorsque après une semaine de rêve il avait fermé la maison, qu'elle n'y reviendrait plus ? Puis, se rappelant la mise en bière demain à 9 h 30, il a pensé à la solitude qui l'attendait ; à l'isolement auquel personne, pas plus ses proches que quiconque, ne pourrait l'arracher. En proie à une angoisse insoutenable, il a mis le son de la chaîne hi-fi au maximum et appuyé sur la touche «Repeat» de la télécommande pour que le *Requiem* ne s'arrête jamais. Tant pis pour les voisins.

L E CERCUEIL venait de descendre en terre et les fossoyeurs avaient rangé leurs cordes. Après avoir défilé devant le caveau pour y jeter une rose et se signer, la famille et les amis réconfortaient Jean et Vincent puis se dispersaient à proximité de la tombe.

— Ta mère était une enfant merveilleuse. Je la revois, blonde et souriante, dans le jardin, en Bourgogne, courir sur la pelouse après le chien ou manger des groseilles en salissant sa petite robe blanche. Elle n'était pas toujours sage, mais personne ne résistait à son charme. Je me rappelle son baptême à Saint-Dominique et la réception qui avait suivi chez tes grands-parents. Comment aurais-je pu imaginer que j'assisterais un jour à l'enterrement de ce bébé devant lequel tout le monde s'extasiait? Quelle tristesse! Et moi qui suis encore là à mon âge! Quelle injustice! Malheureusement, il n'y a rien à comprendre et…

Appuyée sur une canne et le visage recouvert d'une voilette, la marraine de Claire poursuivait son monologue sans voir que Vincent avait détourné la tête et ne l'écoutait plus.

Depuis quelques instants, il observait Manon aperçue devant l'église au moment où tout le monde rejoignait les voitures pour se diriger vers le cimetière Montparnasse. Les cheveux libres et les bras croisés, elle bavardait avec ses voisins. Que trouvait-elle à dire à ces gens qu'elle connaissait mal, comme Éric, rencontré l'été dernier en Normandie, ou pas du tout, comme Alix et Tanguy, une cousine de Claire et son mari, installés depuis des années à Marseille? Dès qu'Éric prenait la parole, elle baissait la tête ou regardait ailleurs, et son sourire s'est figé en voyant s'approcher Lazare et Esther, que Vincent n'avait pas revus depuis leur déménagement à La Motte-Picquet.

— Maman t'aimait beaucoup et elle aurait été contente que tu sois là.

Manon avait embrassé Vincent après que Jean, avec un air de regret sur son visage dévasté, l'eut serrée très fort contre lui.

— Moi aussi je l'aimais beaucoup, répondit-elle en haussant les épaules pour laisser croire que sa présence aujourd'hui allait de soi alors qu'elle avait hésité à venir. Elle a été si amicale avec moi et elle m'a tant appris. C'était un bonheur de profiter de sa culture et de sa curiosité, et un délice de l'entendre railler les modes ou les idées reçues. Plus jamais je n'irai au musée d'Art moderne ou à la Maison européenne de la photographie sans penser à elle.

Surprise par une larme qui coulait sur sa joue, Manon a sorti de son sac un kleenex.

— Avec qui, maintenant, irai-je découvrir «Giacometti et les Étrusques» à la Pinacothèque ou revoir *Cría cuervos* au Reflet Médicis? demanda-t-elle d'une voix enfantine en oubliant qu'elle n'avait pas revu Claire depuis l'exposition Edward Hopper, au Grand Palais, en décembre.

Coco Mademoiselle, qu'il respirait dans l'air après l'avoir respiré sur la peau de Manon, serrait le cœur de Vincent. Le teint hâlé de la jeune femme, qui la rendait encore plus belle, le torturait. Rentrait-elle d'un séjour au soleil avec un autre ? Comme le soulignaient ses cheveux plus courts ou sa robe qu'il ne connaissait pas, petites ou grandes il s'était en effet passé des choses dans sa vie depuis qu'elle l'avait quitté. De son côté, elle se sentait détachée de lui comme si leur histoire n'avait pas existé ou que leur dernière rencontre remontait à des années.

Il ne s'était pourtant écoulé qu'un mois et demi depuis l'après-midi où Vincent avait débarqué rue Guénégaud. Jérôme ayant reçu trois fois sa visite pendant qu'elle se cachait rue Bertin-Poirée, Manon, revenue à la galerie, s'attendait à le voir pousser la porte un jour ou l'autre.

Pour laisser Jérôme en dehors de tout ça et se dégourdir les jambes, elle proposa d'aller faire un tour sur les quais.

Le printemps triomphait dans le square du Vert-Galant, mais Vincent, amaigri et les traits tirés, paraissait au comble de l'abattement.

— Ne t'avais-je pas dit que c'était fini ? rappela-t-elle, les yeux fixés sur les ondulations de l'eau, après qu'il lui eut avoué combien son départ l'avait meurtri. Je suis désolée d'avoir été brutale, mais je ne voyais pas d'autre solution que de m'en aller.

Il resta un long moment silencieux. La lumière et le ciel bleu lui donnaient l'envie de mourir et il s'obstinait à regarder par terre en marchant.

Arrivé au pied de la statue d'Henri IV, il la supplia de revenir vivre avec lui.

— J'ai besoin de faire le point, répondit-elle. Trop de doutes et de questions me taraudent. Peut-être est-ce le cap de la trentaine…

Même si elle savait son départ définitif, Manon essayait de ménager Vincent. Cependant, elle ne fit qu'exaspérer son impatience en ajoutant :

— Je veux savoir où j'en suis avant de revenir vers toi. Tu comprends ?

— Il y a quelqu'un d'autre ? demanda-t-il à nouveau.

— Je t'ai déjà dit que non, mentit-elle avec le même aplomb que la première fois.

Il voulut savoir où elle habitait, mais elle éluda. Il essaya de l'enlacer, mais elle s'esquiva. Prétextant un rendez-vous, Manon abandonna Vincent au milieu de la place Dauphine.

Alors que certains s'attardaient autour de Jean, d'autres, comme Éric, avaient déjà quitté le cimetière.

— Il y a un verre rue Notre-Dame-des-Champs. Tu es la bienvenue.

— Je te remercie. Il faut que je m'en aille.

Le croassement d'un corbeau perché sur une stèle a retenti et Manon a embrassé Vincent en enroulant son bras autour de son cou comme elle le faisait au commencement de l'amour. Dans un élan de tendresse ou de compassion, peut-être allait-elle proposer qu'ils déjeunent ensemble un jour prochain. Mais non. Prête à partir elle a glissé la lanière de son sac sur son épaule, et Dieu seul savait quand il la reverrait.

— Bon courage, dit-elle avant de se faufiler entre les tombes jusqu'à l'avenue du Nord.

Au lieu de prendre à droite vers l'avenue principale, elle s'est dirigée vers l'avenue de l'Ouest. Tandis qu'elle s'éloignait sous la voûte des arbres, il ne pouvait détourner les yeux de sa silhouette sur laquelle glissaient des taches de soleil. Était-il possible que tout fût fini entre eux ? Était-il possible qu'il n'entendît plus jamais parler d'elle ? Alors qu'elle allait disparaître de sa vue, Vincent, poussé par une force mystérieuse, a laissé derrière lui le petit groupe qui entourait son père pour suivre Manon.

Il a remonté l'avenue du Nord où des touristes, un plan du cimetière à la main, repéraient les tombes des gens célèbres. Il entendait au passage leurs murmures en anglais ou en italien, puis à nouveau le bruissement des feuillages mêlé à la rumeur de la ville. Tournant le dos à un container à ordures qui dessinait une tache verte sur le bord opposé, un homme coiffé d'une casquette à l'enseigne du Miami Beach Golf Club contemplait *Le Chat de Ricardo*, de Niki de Saint-Phalle. Pendant ce temps-là, sa femme, brune et sportive, marchait lentement dans l'avenue sans prêter attention à la voiture blanche du service d'entretien garée le long du trottoir, qui ressemblait aux voiturettes de golf qu'elle et son mari utilisaient peut-être sur les greens de Floride.

Avenue de l'Ouest, un couple était occupé à remplir des arrosoirs à un robinet alors que là-bas Manon s'engageait dans l'avenue du Boulevard. De peur d'être vu si par hasard elle se retournait, Vincent, les yeux levés sur les balcons fleuris d'un immeuble voisin, a attendu qu'elle prenne de l'avance. Quand il s'est remis en marche, elle était à bonne distance, et une liane sautillait vers lui en prenant des photos avec son téléphone portable et en lisant à voix haute les inscriptions sur les stèles. La guirlande de lierre ornée d'éclats de lumière qui courait sur le haut du mur, à sa gauche, lui rappelait les décorations de Noël. Plusieurs fois Vincent s'est arrêté derrière un arbre ou un mausolée avant que

Manon n'atteigne l'avenue principale et ne franchisse la porte du cimetière.

Elle avait traversé le boulevard Edgar-Quinet et remontait le terre-plein central en direction de la tour Montparnasse. Resté sur le trottoir, derrière les voitures en stationnement, il l'observait à distance. Elle avait la démarche souple et ondulante de quelqu'un de bien dans sa tête et dans son corps et il aurait aimé casser la gueule aux hommes qui se retournaient sur elle pour admirer ses fesses. Gênée par le soleil, elle a mis ses lunettes noires tandis qu'à quelques pas de là, une femme en guenilles, assise sur un banc, jetait du pain aux pigeons. Manon se rapprochait de la station Edgar-Quinet. Il y avait de plus en plus de monde autour d'elle. Vincent, pour ne pas la perdre de vue, a rejoint à son tour le terre-plein central.

Elle marchait à une trentaine de mètres devant lui. Machinalement il a regardé ses chevilles, et la vision de ses bas noirs glissant le long de ses jambes, la première fois où ils avaient fait l'amour, a surgi devant ses yeux. Lorsqu'elle s'est penchée pour prendre dans son sac son téléphone portable, il s'est rappelé ce geste, rue de la Neva, quand descendue de l'ascenseur elle cherchait ses clefs avant d'arriver à la porte de l'appartement. Là-bas, la tour Montparnasse grandissait à vue d'œil, et sous l'effet des petits nuages qui couraient dans le ciel d'été elle donnait l'impression de basculer au ralenti.

Alors que Vincent s'attendait à la voir s'engouffrer dans la bouche de métro, Manon a poursuivi son chemin vers la place

Fernand-Mourlot. Tôt ou tard, il faudrait bien qu'il fasse demi-tour pour retourner au cimetière. Mais, toujours poussé par cette force mystérieuse, il a continué à filer la jeune femme qui accélérait le pas et laissait sur sa droite la rue Delambre puis la rue du Montparnasse.

Elle descendait la rue d'Odessa quand soudain elle a ouvert la portière d'une voiture que dissimulait un van garé derrière elle. Après avoir rasé les murs, Vincent, caché à l'entrée de l'Hôtel Celtic, a eu un coup au cœur en découvrant l'Alfa Romeo et, à travers la lunette arrière, le long baiser qu'échangeaient Éric et Manon. Alors qu'il aurait dû aller frapper le premier et gifler la seconde, il était pétrifié comme s'il avait les pieds pris dans du béton. Le temps qu'il retrouve ses esprits et amorce un mouvement, la voiture a démarré et s'est éloignée.

Manon avait la tête baissée lorsque Éric prenait la parole. Son regard fuyant quand elle croisait le sien. Et leur sourire complice avant qu'il ne quitte le premier le cimetière... Bouleversé, Vincent revenait sur ses pas en titubant, avec dans la tête ces images dont il comprenait maintenant la signification. Ainsi Manon n'était pas partie pour «faire le point», mais pour ce traître d'Éric qui après avoir tenté de séduire sa mère avait séduit sa fiancée... Comment avait-il pu croire qu'il n'y avait personne d'autre? Comment, alors qu'elle avait emporté ses affaires, avait-il pu espérer son retour? Comment, pour ne pas sombrer dans le désespoir, avait-il pu avaler ses mensonges? Vincent enrageait de sa naïveté, et plus encore de la perfidie d'Éric et Manon. Cependant, malgré son chagrin et sa colère, il ne voulait pas réagir à chaud, et pas plus aujourd'hui que demain il ne ferait part à quiconque de sa découverte.

DEPUIS LA MISE EN BIÈRE, il y a deux semaines, Jean n'était pas retourné dans le bureau de Claire. Régulièrement il s'arrêtait devant la porte, mais la peur de ressentir plus encore son absence dans cette pièce l'empêchait d'entrer.

« Trouverai-je un jour le courage ? » se demanda-t-il après une nouvelle dérobade.

En allant au salon, où le téléphone sonnait, il s'est rappelé Bonnie, un chien de la famille qui n'avait jamais pu revoir la chambre de son maître après sa mort et rebroussait chemin quand on voulait l'y entraîner.

— Je suis comme Bonnie, nota Jean, que le chagrin de ce labrador continuait d'émouvoir.

Tous les jours, Vincent appelait Jean pour prendre de ses nouvelles. Ils bavardaient un moment en essayant de se changer les idées, puis quand arrivait la fin de la conversation, ils se donnaient rendez-vous pour le dîner.

— Que dirais-tu, demanda Vincent, de nous retrouver ce soir au Balzar ?

Un silence a accueilli sa proposition.

— Tous les deux, comme autrefois! a-t-il insisté en feignant l'enthousiasme. Tu te rappelles?

Jean a hoché la tête comme si son fils pouvait le voir.

Bien sûr qu'il se rappelait leurs dîners «entre hommes», quand Claire était occupée de son côté. Depuis les hors-d'œuvre jusqu'au dessert, l'enfant bombardait son père de questions sur les animaux, l'espace, la mer ou les grandes découvertes, et s'étonnait quand ce dernier ne savait pas répondre. Plus tard, profitant de leur complicité et de l'absence de sa mère, l'adolescent demandait des conseils pour séduire les filles qui, au lycée, lui plaisaient.

— Au Balzar? répéta Jean d'une voix blanche. Tu es sûr?

Lui qui détestait se donner en spectacle, il redoutait, en entrant dans la brasserie où il avait avec sa femme tant de souvenirs, de céder à une crise de larmes.

Devinant les appréhensions de son père, Vincent a encore insisté:

— Si nous n'y retournons pas maintenant, nous n'y retournerons jamais. Sans doute cela va-t-il être difficile pour nous deux, mais maman serait heureuse de nous savoir là-bas comme si rien n'avait changé.

«Comme si rien n'avait changé, pensa Jean avec une moue de dégoût. Comme si rien n'avait changé… Alors que plus rien ne tient debout…»

— Et puis retourner au Balzar, où nous sommes si souvent allés avec elle, n'est-ce pas la garder vivante dans notre cœur?

Rarement Vincent ouvrait le sien, et Jean, sachant quel effort cela demandait à son fils, lui en était d'autant plus reconnaissant.

Le premier été. Le premier séjour en Normandie. La première rentrée. Le premier automne. Les premières sorties. Les premiers anniversaires. Le premier hiver. Le premier Noël. Le premier jour de l'An. Le premier printemps. Le premier anniversaire de sa mort... Outre les mille détails – un ciel, une odeur, une robe, un parfum, un bruit, une fleur, un film, une silhouette... – qui le ramèneraient à elle, Jean savait que durant l'année à venir toutes les premières fois sans Claire réveilleraient son chagrin et le renverraient à sa solitude. Devant cette succession d'épreuves annoncées, qui dans son esprit s'apparentait à un parcours du combattant, il aurait aimé que sa résignation l'emportât sur sa peur ou son découragement.

«Continuer à vivre, songea-t-il, ou se flinguer.»

Il n'y avait pas d'autre choix.

– Tu as raison, dit-il soudain. Franchissons ensemble cet obstacle pour ne pas laisser la vie devenir une peau de chagrin.

– J'ai un rendez-vous en fin de journée, annonça Vincent, heureux de son succès. On se retrouve à 20 heures?

– Parfait.

– Si j'ai du retard, tu m'attendras en buvant à ma santé!

– Et à la mienne!

Le rire de Vincent, si rare ces derniers temps, faisait du bien à Jean, comme jadis son rire d'enfant.

Stimulé par cette gaieté passagère autant que par la victoire remportée sur lui-même en acceptant d'aller ce soir au Balzar, celui-ci, après avoir raccroché, s'est à nouveau dirigé vers le bureau où, cette fois, il est entré sans hésiter.

Rien, dans la pièce, n'avait bougé depuis le départ du cercueil, et Jean, devant la table jonchée de tous les objets qu'elle avait laissés en partant, aurait pu croire que sa femme, sortie faire un tour, allait revenir d'une minute à l'autre. Heureusement il n'a pas cédé à ce vertige, et, encore étonné d'avoir franchi la porte, il parcourait du regard la bibliothèque. Sans doute Vincent serait-il content de récupérer des livres ou des bibelots de sa mère pour les avoir auprès de lui. Mais il était trop tôt pour bousculer l'ordre des choses décidé par Claire. Cet ordre des choses qui, avec son fils, les milliers de photos qu'elle avait faites dans sa vie et ses vêtements alignés dans le dressing, était une preuve de son passage sur la Terre.

Jean s'est assis à la table. D'une main hésitante il a caressé le dos de l'ordinateur, inspecté le pot à crayons, et fait glisser sur sa paume la lame du coupe-papier pour en éprouver le tranchant.

Les bras ballants de chaque côté du fauteuil, il observait la lumière derrière la fenêtre en essayant de ne penser à rien comme il l'aurait fait chez le dentiste avant une opération délicate. Puis, baissant les yeux sur les tiroirs du bureau, et alors qu'il ne se le serait jamais permis du vivant de sa femme, il a ouvert le dernier au hasard.

Excepté un numéro de *Connaissance des arts* dont une page était consacrée à l'album de Claire, *Extérieurs jour*, le tiroir était vide. Débarrassé du magazine, il constituerait l'endroit idéal pour serrer les nombreux témoignages de sympathie reçus à l'occasion de sa mort. En effet, où mieux que dans cette pièce dont elle avait fait son univers et dans ce bureau auquel elle avait travaillé pendant des années, toutes ces marques d'affection trouveraient-elles leur place ?

Le deuxième tiroir renfermait un dictionnaire Larousse, une paire de ciseaux, une boîte d'agrafes et une autre de trombones, une agrafeuse, un briquet, un Paris Museum Pass périmé, un tube de colle, un bâton de baume pour les lèvres, une enveloppe de planches-contacts, des cartons d'invitation à des vernissages, ainsi que trois chemises fermées par des élastiques sur lesquelles il était écrit au marqueur rouge et en lettres capitales : FACTURES, NORMANDIE, CONTRATS. Même s'il n'y avait là rien d'extra-ordinaire, Jean était ému de se plonger ainsi dans les affaires de sa femme dont il reconnaissait l'ordre, les goûts et les habitudes.

Dans le premier – et dernier – tiroir, il est d'abord tombé sur un vieux carnet d'adresses à couverture noire. Des pages, deve-nues caduques avec les disparitions ou les déménagements, avaient été barrées d'un trait de plume, et tandis qu'il les feuilletait par curiosité ressurgissaient, au hasard des noms et des adresses, des visages et des lieux qu'il ne reverrait plus. Était-ce donc cela, la vie, passé un certain âge ? Des regrets inextinguibles, des souvenirs poignants et un carnet d'adresses comme un champ de ruines ? Jean a ensuite ouvert l'un des cahiers d'écolier dans lesquels Claire avait consigné des impressions et des notes de lecture. Devant sa belle écriture à l'encre bleu royal, il a senti un sanglot monter dans sa poitrine en pensant aux billets, toujours datés et signés d'un croissant de lune pour figurer la lettre C, qu'elle avait autrefois l'habitude de lui laisser un peu partout dans l'appartement :

17 janvier 1981. Où que tu te trouves dans le monde, tu restes au centre de ma vie. Cette idée m'est douce comme le soleil d'hiver que j'aperçois dehors. Je t'aime, je t'aime et je t'aime. C.

2 mai 1982. J'ai croisé dans la cour le voisin du 3e. Outre le fait qu'il a l'air louche (rapport à son strabisme !), je ne serais pas étonnée que ce gros monsieur tout rose ait aussi la queue en tire-bouchon! Pardon d'être aussi bête, mais ça me fait rire! À ce soir. C.

26 novembre 1982. Vincent te ressemble de plus en plus. Quel bonheur! C.

3 septembre 1983. Je suis triste que tu repartes demain. Ces deux semaines sans toi vont être longues. Bien trop longues. Une femme et un enfant t'aiment et t'attendent à Paris. Ne les oublie pas et reviens vite. C.

12 avril 1984. Si tu n'as rien de mieux à faire cet après-midi, je passerais bien un moment avec toi entre quatre et six... (Oh! Oh! Oh!) Qu'en dis-tu? Je t'aime. C.

8 juin 1984. Tout à l'heure, en traversant le Luxembourg, je nous imaginais dans cinquante ans. Quel beau couple nous formerons, avec nos dentiers, nos cannes et nos cheveux blancs! En attendant, profitons de la vie et soyons heureux! Bon après-midi. Je penserai à toi. C.

Jean connaissait par cœur ce dernier billet. Que s'était-il passé, l'après-midi du 8 juin 1984? Il n'en avait aucun souvenir. Mais ces quelques mots écrits à la hâte lui faisaient d'autant plus mal que Claire les avait rédigés vingt-neuf ans jour pour jour avant sa mort, et que sa prédiction, maintenant qu'il se savait condamné à vieillir seul, ne se réaliserait pas.

Enfin, sous les deux piles de cahiers rangées côte à côte, il a découvert, dans une boîte en carton de l'épaisseur d'un livre, un paquet d'enveloppes vierges et un bloc de papier à lettre. Celui-ci, à peine entamé, contenait le brouillon d'une lettre rédigée au feutre noir, que Jean, malgré sa discrétion et les ratures, n'a pu s'empêcher de lire parce qu'elle lui était adressée :

Mon Jeannot,

Tu as toujours été un (mot barré) *mari merveilleux et je mesure la chance que j'ai eue de te rencontrer. Aussi, pour toi, pour nous, j'aurais préféré ne jamais avoir à t'écrire ces lignes. J'ai en effet, et quoi qu'il m'en coûte,* (plusieurs mots rayés) *un aveu à te faire.*

Un soir de juillet 1981 où j'étais seule à Paris – tu t'étais envolé quelques jours plus tôt pour l'Australie –, j'ai eu une (mot biffé puis rajouté) *aventure d'une nuit avec Éric. Je pourrais te dire, pour me justifier, que nous avions trop bu et que tu me manquais. Mais comment justifier l'injustifiable ?*

(Paragraphe supprimé)

Peu après, j'ai découvert avec (mot raturé et remplacé) *effroi que j'étais enceinte. Avec effroi, parce qu'à la date où il avait été conçu, tu ne pouvais être le père de l'enfant que je portais.*

Tout de suite j'ai pensé avorter mais je n'ai pas pu, et les semaines ont passé jusqu'au soir où je suis allée (mot barré) *t'accueillir à Roissy pour t'annoncer ta future paternité. Ta joie m'a convaincue que j'avais eu raison de garder cet enfant et que nous allions être heureux tous les trois. Ce qui a été le cas, au-delà de mes espérances.*

(Trois lignes supprimées)

Bien sûr, quand Vincent est né, puis quand il a grandi, j'ai eu peur qu'il ressemble à Éric. Mais, Dieu merci, il me ressemblait plus qu'il ne ressemblait à son père, et j'en arrivais presque à oublier qu'il n'était pas (deux mots rayés) *ton fils tant votre complicité était grande. Car si tu es pour moi un mari merveilleux, tu as été pour lui un père extraordinaire, et je suis d'autant plus triste de te décevoir et* (plusieurs mots raturés) *de te causer aujourd'hui du chagrin. Si* (deux mots biffés, remplacés, puis à nouveau biffés) *douloureuse soit-elle, je te devais la vérité qu'Éric connaît depuis peu, mais que Vincent ignore. Libre à toi de la lui dire ou non.* (Phrase supprimée)

Quoi qu'il advienne pour nous deux, sache que tu es et que tu resteras l'homme de ma vie.

Je t'embrasse comme je t'aime.

Claire

Foudroyé, Jean a refermé le bloc de papier à lettre. Quel besoin avait-il d'ouvrir ce dernier tiroir? Quels autres secrets celui-ci recelait-il? L'air lui manquait. La tête lui tournait. Une fois encore il a regardé vers la fenêtre pour distinguer la lumière dans les ténèbres où les mots de Claire l'avaient plongé. Ces mots, à en juger par les corrections, lui avaient demandé du travail, et le soin avec lequel elle avait choisi chacun d'eux leur donnait encore plus de crédit. Oui, il en était sûr, sa femme, malheureusement, disait la vérité – pourquoi aurait-elle inventé une histoire pareille? dans quel but? –, et il serait inutile de le vérifier en faisant des tests ADN.

Quand Claire avait-elle rédigé ce brouillon? Sous quelle impulsion, si ce n'était le besoin, après toutes ces années, de soulager sa conscience? Comment et pourquoi Éric connaissait-il «depuis peu» la vérité? Était-ce la raison qui avait poussé Claire à vouloir dire à Jean cette vérité? Une fois recopiée, que comptait-elle faire de la lettre? L'envoyer chez eux par la poste – il imaginait sa surprise en découvrant au courrier une enveloppe à son nom écrite de la main de sa femme? La laisser à son intention quelque part dans l'appartement comme jadis les billets? La conserver au fond de ce tiroir qu'il avait eu l'imprudence de fouiller? La déposer chez un notaire? Dans le coffre d'une banque? Toutes ces questions sans réponses, ajoutées à la trahison et au sentiment de voir sa vie s'effondrer un peu plus, finissaient par le rendre fou, et Jean, le poing dans la bouche, a étouffé un cri de désespoir.

M ALGRÉ LES TROIS WHISKIES AVALÉS pour calmer sa
douleur, les images de son bonheur souillé continuaient à
tourner dans la tête de Jean comme un carrousel de cauchemar.

«Connaît-on jamais ses proches?» se demanda-t-il en songeant avec amertume à l'illusion qu'avait été sa vie pendant tant
d'années.

En dépit de sa tromperie, et alors qu'il ne lui trouvait aucune
circonstance atténuante, il n'arrivait pas à en vouloir à Claire et
concentrait son ressentiment sur Éric qui avait profité de son
absence pour lui ravir ce qu'il avait de plus cher.

«Elle aussi, elle t'aimait… Elle t'aimait à la folie… De toutes les
femmes que je connais, elle était la dernière qui aurait pu s'offrir
une aventure… C'est rare, un amour si fort, un amour si grand
qu'il ne laisse place qu'à cet amour… Et puis, elle t'a fait le plus
beau des cadeaux en te donnant un fils à travers lequel elle va
continuer à vivre…»

Les mensonges de ce salaud, le jour de l'accident, exaspéraient sa
colère. Comme il avait dû s'amuser en lui racontant ces bobards!

Comme il avait dû se divertir en écoutant ses confidences ! Profiter que l'autre est à terre pour se jouer de lui et l'endormir ! Quelle blague ! Quelle rigolade ! Plus c'est gros et plus c'est drôle ! Alors, pourquoi se gêner ?

— Tu peux toujours compter sur moi, avait-il répété, hier, au téléphone.

— Oui ! aboya Jean, en proie à une fureur incontrôlable. Pour piétiner ma vie et te foutre de ma gueule !

À nouveau il a rempli son verre de Chivas et l'a bu d'un trait avant de le reposer d'un coup sec sur la table. Puis, avisant le sourire de Claire et Éric sur une commode, il s'est rué à travers le salon pour empoigner la photo et la jeter contre le mur où son cadre s'est brisé.

— Je ne travaille pas ces trois prochains jours, avait-il précisé avant de raccrocher.

Il avait donc toutes les chances de le trouver chez lui cet après-midi.

— Voyons-nous, avait-il ajouté.

— Tu veux qu'on se voie ! cria Jean en se précipitant à l'autre bout de l'appartement. Eh bien, on va se voir !

Arrivé dans sa chambre, il a attrapé, en haut de l'armoire, le coffre métallique dans lequel il cachait un Luger Parabellum et une boîte de balles. Il avait toujours pris soin de ce pistolet que son père avait trouvé pendant la guerre, et le sachant en état de marche il a pressé plusieurs fois la détente avant de glisser huit balles dans le chargeur et de mettre le cran de sûreté. Puis il a changé de chaussures et de pantalon, il a enfilé un vieux trench-coat, et il s'est coiffé d'une casquette en tweed. Peut-être aurait-il l'air bizarre ainsi vêtu un jour d'été, mais mieux valait cela que de risquer d'être reconnu. Puisqu'il ne prendrait ni sa voiture, pour qu'on ne puisse relever son numéro d'immatriculation, ni un taxi, dont le chauffeur pourrait donner son signalement, au moins, avec cet accoutrement, il ne serait, sur les écrans de contrôle de la RATP, qu'une silhouette dans la foule, un voyageur parmi d'autres. Pour vérification il a consulté le plan de métro qu'il avait sous la main, et il a remis à sa place le coffre métallique et sorti d'un tiroir une paire de gants en cuir. Puis, comme un enfant qui joue à se faire peur ou comme s'il avait entendu un cambrioleur, il s'est dirigé, l'arme au poing, vers l'entrée de l'appartement.

Tandis que la porte se refermait sur lui et que le métro quittait la station Sèvres-Babylone, Jean, malgré des sièges libres, a préféré rester debout. Excepté des voyageurs occupés à lire ou à téléphoner, il n'y avait dans la rame que des touristes en short et en baskets. Une bouteille d'eau ou un guide à la main, ils parlaient allemand, russe ou polonais en jetant un coup d'œil sur le plan de la ligne Gare d'Austerlitz-Boulogne Pont de Saint-Cloud affiché au-dessus des portes.

«Ils ont l'air si heureux», nota Jean dont le regard venait de s'arrêter sur le visage lumineux d'une jeune femme aux cheveux blonds et aux pommettes saillantes, venue peut-être des plaines d'Ukraine découvrir «la plus belle ville du monde».

Lui aussi ressemblait à un touriste. À un touriste qui avait quitté les brumes d'Irlande pour le soleil de France. Et ce n'était pas son haleine chargée de whisky qui aurait pu le trahir.

En dehors de son teint pâle et de ses mâchoires serrées, rien dans son attitude ne laissait deviner un homme sur le point de tuer, et même s'il se sentait ridicule avec sa casquette descendue trop bas sur son front, personne ne lui prêtait attention. Quand il l'avait achetée, comment aurait-il pu imaginer qu'il porterait cette casquette pour abattre l'amant de sa femme ? À cette pensée, sa main, qu'il gardait dans la poche de son imperméable, s'est refermée sur la crosse du Luger.

« J'ai eu une aventure d'une nuit avec Éric… Tu ne pouvais être le père de l'enfant que je portais… Je te devais la vérité qu'Éric connaît depuis peu… »

Si Jean avait eu la tentation d'abandonner son projet, celle-ci aurait été balayée par les mots de Claire revenus le hanter avec une cruauté diabolique. Et alors que pour réfréner un accès de violence il serrait à nouveau la crosse du pistolet, des images ensoleillées ont surgi devant ses yeux.

Ce jour-là, Elphège et Barbara, qui accueillaient pour une semaine Claire, Jean et Éric dans leur maison de Dordogne, avaient organisé un pique-nique dans les bois environnants. Installés sur des plaids, autour de la nappe où étaient disposés la charcuterie, les salades, le pain, les œufs durs, la tarte aux fraises, les bouteilles de rosé et la thermos de café, les amis, échauffés par le vin et le plaisir d'être ensemble, ponctuaient le déjeuner de grands éclats de rire. Éric enchaînait les plaisanteries, Jean caressait l'épaule de Claire, Elphège embrassait Barbara, et rien, jamais, ne viendrait altérer l'amour ou l'amitié.

Ils avaient bu leur café lorsque Jean, à la surprise générale, sortit d'une sacoche qu'il gardait auprès de lui le Luger et une boîte de balles.

– Qu'est-ce qui lui prend? demanda Barbara à Claire assise en face d'elle.

– Rien de grave! répondit Éric. Le rosé l'a rendu agressif et il veut tous nous descendre!

– Jolie perspective! répliqua Barbara. Si j'avais su, j'aurais mis une autre robe pour faire une morte plus élégante!

– Tu es le seul type que je connaisse à se promener avec un flingue quand il va pique-niquer! ajouta Elphège pendant que Jean, indifférent aux moqueries, remplissait le chargeur du pistolet.

– On dirait Jean-Louis Trintignant dans *Le Secret*, s'amusa Éric, qui avait revu le film à la télévision.

Barbara, la main dans les cheveux, prenait l'air lointain.

– En effet, dit-elle, ça n'augure rien de bon car dans cette histoire, si ma mémoire est exacte, ils périssent tous par les armes…

– Tu te sens en danger? demanda Éric avec douceur comme s'il essayait de raisonner un psychopathe. Tu n'as pourtant rien à craindre de nous, je te le jure! De moi, en tout cas!

– On n'est jamais trop prudent! répondit Jean qui remettait à sa place le chargeur et lançait à son ami un regard inquiétant.

Restée silencieuse, Claire grimaça un sourire.

– Que voulez-vous, déplora-t-elle en envoyant sa serviette à la figure de son mari, je vis avec un dingue! C'est comme ça!

Jean, pour la remercier de ce compliment, leva son verre à sa santé et tout le monde éclata de rire.

Les reliefs du pique-nique sur la nappe blanche. La lumière dans les feuillages. Le ciel bleu entre les frondaisons. Le murmure d'une rivière. Claire, Barbara, Éric ou Elphège, le Luger à bout de bras et l'œil clos, en train de viser la cible en carton accrochée à un arbre.

L'écho de leurs voix dans la nature. Le claquement des balles qui suspend le chant des oiseaux… Quand il y repensait, toujours ce concours de tir rappelait à Jean les films où des voyous au volant de Traction Avant, pendant la guerre, ou après, emmenaient leurs conquêtes prendre du bon temps à la campagne en attendant que les «affaires» ou la police les rappellent à la réalité.

Plus tard, alors que leurs amis, exténués de chaleur, s'endormaient à l'ombre verte, Claire et Jean se promenèrent dans les bois qu'illuminaient par endroits les rayons du soleil. Arrivée au bord d'un torrent, Claire ôta sa robe pour se jeter nue dans l'eau fraîche où Jean, après s'être lui-même débarrassé de sa chemise et de son pantalon, la suivit. Le corps de sa femme au milieu de l'onde qui courait entre les rochers et ses cheveux ruisselants dans un halo doré étaient un ravissement. Au comble du bonheur, Jean, tandis qu'il s'amusait à arroser Claire, distingua sur la berge une mare de sang, une robe rouge abandonnée dans l'herbe.

C'était en août 1981. Un mois plus tôt, Claire et Éric avaient couché ensemble. S'il l'avait su, Jean, profitant de la distraction des autres ou simulant un accident, n'aurait pas hésité, ce jour-là, à abattre Éric comme un chien.

Les murs éclairés de néons en pointillé, à la station La Motte-Picquet Grenelle, semblaient conduire à une boîte de nuit. Là où le couloir formait un coude, un écran vidéo diffusait une publicité pour une marque de chewing-gums. Tournées à la montagne en hiver, les images, d'autant plus rafraîchissantes qu'il avait trop chaud avec sa casquette et son trench-coat, ont rappelé à Jean le matin où, avec Claire, allongés dans la neige à l'Alpe-d'Huez, ils avaient admiré, entre deux baisers, les glaciers sous l'azur.

En haut de l'escalator, dont les marches, la dernière fois qu'il l'avait emprunté, étaient en bois, il a suivi la direction Charles-de-Gaulle-Étoile. À peu de choses près, il ne lui restait plus que la Seine à traverser pour se retrouver devant la porte d'Éric, et il imaginait ce dernier chez lui en train de feuilleter un journal ou de regarder un film, si loin de se douter de ce qui l'attendait. Peut-être aurait-il dû l'appeler tout à l'heure pour s'assurer qu'il se trouvait bien boulevard Delessert. Mais pourquoi éveiller ses soupçons en lui raccrochant au nez? Et comment être sûr qu'il n'aurait pas disparu entre-temps?

« De toute façon, se dit Jean en montant dans la voiture et alors qu'il avait sur lui son téléphone portable, les jeux sont faits. »

À nouveau il a préféré rester debout. Par les fenêtres des immeubles qui défilaient le long de la ligne, il apercevait, dans un salon, une chambre ou une cuisine, des gens dont il ne saurait jamais rien.

Quand la rame s'est arrêtée à la station Bir-Hakeim, il a eu un pincement au cœur. C'était là, sous ses pieds, un soir d'été, qu'Elphège, incapable de surmonter le départ de Barbara, avait décidé d'en finir. Elphège avait grandi rue du Docteur-Finlay, et ce n'était pas un hasard si au moment de mourir, comme pour se donner du courage et boucler la boucle, il avait choisi de revenir dans le quartier de son enfance.

Immobile devant la porte qu'une femme venait d'ouvrir, Jean observait sur le quai le flot des voyageurs. Combien étaient-ils, depuis huit ans, à être passés par cette station sans soupçonner le drame qui s'y était déroulé? Qui, parmi les gens de la police et de la RATP dépêchés sur les lieux, se rappelait qu'ici même, le 3 juillet 2005, à 20 h 48 – c'était l'heure inscrite sur le procès-verbal

—, un homme de cinquante-deux ans s'était jeté sur les rails ? Sans doute Elphège n'avait-il fait pour eux que s'ajouter à tous les désespérés auxquels ils essayaient jour après jour de porter secours et qui dans leur souvenir formaient une procession d'hommes et de femmes sans visage, sans nom et sans âge.

Décidément, Jean n'avait pas eu de chance avec ses deux meilleurs amis. L'un s'était suicidé, et l'autre, qu'il s'apprêtait à tuer, l'avait trahi. Ce constat à l'esprit, il a embrassé dans un même regard les arbres, la tour Eiffel, la Seine, les péniches tandis que le métro franchissait le pont de Bir-Hakeim, dont il pensait depuis toujours qu'il offrait sur Paris l'une des plus jolies vues.

En sortant de la station Passy, Jean s'est engagé dans l'escalator avant de s'arrêter square de l'Alboni pour laisser s'éloigner les voyageurs descendus de la rame en même temps que lui. Sa casquette enfoncée sur la tête il a resserré la ceinture de son trench-coat, puis il a remonté la rue de l'Alboni.

À mesure qu'il approchait de la place du Costa-Rica, il sentait revenir sa fureur en se rappelant la dernière fois où avec Claire ils avaient rendu visite à Éric. Comme Manon, qui quand elle s'aventurait dans les parages vérifiait qu'elle n'était pas suivie, il s'est arrêté à l'angle du boulevard Delessert pour jeter un coup d'œil alentour et surveiller les abords de l'immeuble. En hiver il aurait pu, en traversant la chaussée, voir s'il y avait ou non de la lumière aux fenêtres. Mais en ces jours les plus longs de l'année on allumait tard, et les feuilles des marronniers cachaient l'appartement d'Éric, au quatrième étage.

La voie était libre, mais Jean, avant de partir, avait oublié de noter le code. Lorsqu'il est arrivé devant la porte, elle s'est ouverte sur une jeune fille en jogging qui sortait promener son chien. Baissant la tête pour dissimuler son visage, il en a profité pour s'engouffrer dans le hall.

« La chance est avec moi », se dit-il en voyant dans cette coïncidence un heureux présage.

La minuterie était en panne. Jean, heureusement, n'avait pas besoin de consulter la liste des habitants affichée dans l'entrée. Il a délaissé l'ascenseur et s'est faufilé dans l'escalier plongé dans la pénombre. Tout était calme et le tapis en velours absorbait le bruit de ses pas. Au moment où il atteignait le premier étage, une marche a craqué sous son pied et il a eu peur de voir s'ouvrir une des portes du palier. Mais, refermées sur le vide, celles-ci sont restées closes, et il avait tout à coup l'impression d'explorer un immeuble de bureaux après le départ de ses occupants.

Au troisième étage, une odeur de peinture fraîche lui a rappelé l'emménagement rue Notre-Dame-des-Champs. Cette fois, il percevait du bruit dans les appartements, et s'il n'avait été si pressé de régler son compte à Éric, il aurait reconnu, entre le générique d'un jeu télévisé et le sifflement d'une cocotte-minute, *Baker Street*, la chanson de Gerry Rafferty qui l'avait accompagné tout un été sur les routes d'Espagne.

Soudain la porte d'entrée a claqué, des pas ont résonné sur le carrelage et quelqu'un s'est engagé dans l'escalier. Jean, comme l'assassin qu'il allait devenir, cherchait déjà un endroit où se cacher lorsqu'il a entendu avec soulagement les pas s'arrêter au deuxième étage, une clef tourner dans une serrure et une porte s'ouvrir et se refermer.

Arrivé devant l'appartement d'Éric, Jean, dont la détermination n'avait pas faibli, se sentait étrangement calme. Il a repris son souffle en enfilant ses gants, et il s'est approché sur la pointe des pieds. Masquant le judas avec le plat de sa main, il a collé son oreille à la porte, et il lui a fallu plusieurs secondes avant de s'apercevoir que la voix féminine qu'il croyait reconnaître au bout du couloir venait de l'appartement voisin. Éric, en revanche, était bien chez lui, et, sans comprendre ce qu'il disait, il l'entendait parler fort et tourner en rond comme s'il était au téléphone.

Cinq minutes plus tard, le silence, après un dernier éclat de voix, est retombé, et Jean en a conclu qu'Éric avait raccroché. Réunissant ses forces pour affronter les secondes à venir, il a encore attendu quelques instants, puis il a sorti de sa poche le Luger dont il a défait le cran de sûreté. Au moment où il levait la main pour sonner, des pas se sont précipités derrière la porte et tandis qu'elle s'ouvrait brutalement quatre fois de suite il a pressé la détente de son pistolet.

A ssis au Balzar, devant un verre de brouilly, Jean éprouvait le sentiment du devoir accompli.

Après avoir abattu Éric, et alors que dans les étages des portes
s'ouvraient et des cris retentissaient, il avait dévalé l'escalier et
quitté l'immeuble. Relevant le col de son imperméable et rajus-
tant sa casquette, il s'était ensuite dirigé vers le métro sans être
inquiété. La chance, en effet, était avec lui. De retour rue Notre-
Dame-des-Champs, il nettoya le Luger et le remit à sa place, et
il glissa dans un sac-poubelle qu'il cacha au fond d'un placard le
trench-coat, la casquette, les gants, le pantalon et les chaussures,
en attendant de les faire disparaître. Puis, comme s'il se sentait sali
par l'acte qu'il venait de commettre, il se doucha et se changea.
Finalement, ce n'était pas difficile de tuer un homme.

Au lieu d'attendre Vincent à l'intérieur, Jean s'était installé à la
terrasse pour profiter de la douceur du soir et observer la rue des
Écoles.

Il avait eu du mal à contenir ses larmes quand Firmin, qui
les servait depuis trente ans, était venu prendre de ses nouvelles et
lui dire combien il regretterait Claire. Longtemps noire, l'épaisse

chevelure de ce garçon trop maigre leur donnait l'impression d'un temps suspendu lorsqu'ils franchissaient la porte. Et voilà que Firmin, la tête maintenant couronnée de cheveux blancs, allait prendre sa retraite à la fin de l'année. Pour lui comme pour Jean, c'était une sensation étrange d'avoir la vie derrière soi.

Tandis qu'on lui apportait un autre verre de vin, ce dernier s'est demandé si Vincent avait réservé «leur» table, au fond, à droite, ou s'il avait préféré, vu les circonstances, bousculer les habitudes et inaugurer une ère nouvelle.

«Tout sera bien», songea-t-il en croquant une cacahuète.

Un couple entrait dans le restaurant et Jean s'est rappelé la première fois où il avait dîné ici avec Claire.

Ce soir-là, ils s'étaient promenés vers la gare d'Austerlitz, et, toujours munie de son Nikon F2, elle en avait profité pour faire des photos de lui et des façades éclairées qu'ils croisaient sur leur chemin. Revenus au Quartier latin, ils mouraient de faim lorsqu'ils virent briller devant eux l'enseigne de la brasserie. Il n'avait jamais oublié le silence et les regards qui accompagnèrent l'entrée de la jeune femme dans la salle. La nuit était tiède et parfumée quand plus tard il lui prit le bras et l'emmena dans son studio de la rue Campagne-Première où, après qu'il eut tiré les rideaux sur le ciel étoilé, elle se laissa enfin déshabiller…

Son souvenir semblait se prolonger lorsqu'en levant les yeux il a remarqué de l'autre côté de la rue un garçon et une fille tendrement enlacés. Ils avaient une vingtaine d'années, et la fille, vêtue d'une robe à fleurs, tenait à la main un appareil photo. Il devinait dans leur attitude le bonheur de vivre et une illusion d'éternité qui lui serraient le cœur. Ils marchaient vers le boulevard Saint-Michel. Le garçon embrassait la fille en riant.

«Profitez-en, pensa Jean. Amusez-vous. Soyez heureux. Ça passe si vite…»

Son portable sonnait dans sa poche. Sans doute Vincent voulait-il s'excuser de son retard et dire qu'il arrivait. Mais un numéro inconnu s'affichait sur l'écran.

— Monsieur Lavigne?

La voix, elle aussi, était inconnue.

— Oui.

— Commissaire Espandieu, de la Brigade criminelle.

Votre fils. Assassiné. Fin d'après-midi. Boulevard Delessert.

Jean, comme frappé par un projectile, a lâché son téléphone et s'est affaissé sur sa chaise. La rue, les voitures, les arbres, les immeubles, tout dansait autour de lui. Là-bas, le garçon et la fille s'étaient évanouis dans la nature, mais peut-être avait-il rêvé. Le sourire de Claire. Le visage de Vincent. Une promenade en bateau. Un champ de coquelicots. Une robe en organdi. Un ciel bleu lavande. Et ce voile noir brusquement tombé sur ses yeux.

REMERCIEMENTS

Remerciements à Clémence de Biéville, Régis et Delphine Deschodt, Alice Ferney, Tatiana de Rosnay.

– à Héloïse d'Ormesson et à toute l'équipe d'EHO.

– au Centre National du Livre pour son aide.

Composé par Nord Compo Multimédia
7, rue de Fives, 59650 Villeneuve-d'Ascq

●

Achevé d'imprimer
sur Roto-Page
par l'Imprimerie Floch
à Mayenne,
en décembre 2014.

✳

Dépôt légal
janvier 2015.
Numéro d'imprimeur
87822